文学行走
远路&情思

李焯芬 著

求索之旅

中国人民大学出版社
·北京·

自 序

　　我们每个人的一生，其实都是一个独特的旅程。人生旅途中，我们可能会到访些不同的地方：或因工作，或因留学，或因探亲访友，或因度假散心，不一而足。人有六根，到了不同的地方，看到了不同的景观或事物，难免会因自己的人生经历和当下的心情而有所感触（或感悟）。如果你是一位画家，你可能会把景物及自己的感受描绘成画。如果你是一位诗人或文学家，你也许会把感受谱成诗文，这也就是我们所说的旅游文学了。

　　余生也鲁，不如时下一众大学生那般聪明，不晓得选择会生金蛋的国际金融或工商管理，竟然自讨苦吃，一头栽进水利和减灾防灾这个冷门行业里去，自此经常在穷山沟里兜转。工作地点不是黄河长江的中上游，便是川藏公路上的冰川泥石流区，却也因此涂下了这本集子中的一些"另类"的旅游篇章。因缘际会，我有幸追随饶宗颐教授多年，因此对丝路文明史特别倾心。后来又因为在佛学院里讲授西域佛教史的课程，需要到中亚去寻找昔日玄奘的足迹，搜集些资料编写教材。这大概亦算是一种文化之旅吧。

集子中的前几部分，正是这类文化之旅的一些记录。它偏重于文化历史，远多于抒情文学，有点像饶宗颐教授早年写的《文化之旅》。当然，我的水平差远了。

说来说去，这本集子所收录的皆属另类的旅游文学作品，尚祈读者诸君见谅。

二〇一四年九月

目 录

- **敦煌遗韵**

    龟兹石窟寺搬家记 / 3

    从"伤心史"到显学 / 13

- **丝路钩沉**

    粟特故里——文明的十字路口 / 23

    善于经商的粟特人 / 25

    乌兹别克族源考 / 28

    古波斯与中亚 / 30

    葡萄酒及汗血马 / 33

    帖木儿与撒马尔罕 / 36

    中亚游牧人的伊斯兰化 / 39

    亦武亦文的中亚汗王 / 41

    收之桑榆的启示 / 43

    吉尔吉斯斯坦素描 / 45

    浩罕汗国与新疆 / 49

    相煎何太急 / 51

    丝路与古文明的兴衰 / 55

- **文艺中亚**

    中亚伊斯兰艺术 / 63

    清真寺建筑 / 65

    伊斯兰装饰艺术 / 68

中古波斯——诗歌的国度 / 71

民族史诗《列王纪》/ 74

《鲁拜集》/ 77

黄克孙译《鲁拜集》/ 79

"鲁米热"的异数 / 81

穆斯林的劝善诗 / 83

抒情诗人哈菲兹 / 86

帖木儿时代的诗人贾米 / 89

中亚诗人纳沃依 / 91

伊斯兰世界的"梁祝" / 93

乌兹别克的传统歌舞 / 95

- **小亚细亚风情**

古印欧人 / 101

走进青铜时代 / 103

赫梯帝国的兴亡 / 107

欧亚文明的十字路口 / 109

君士坦丁堡 / 111

基督教的兴起 / 113

东西方之间的一道金桥 / 116

拜占庭的文化艺术 / 119

奥斯曼帝国与苏莱曼 / 121

奥斯曼建筑 / 123

风雨中的海燕 / 126

帕穆克的官司 / 128

- **文明回望**

    尼罗河的前世今生 / 133

    佛朗明哥的忧郁 / 143

    吉美博物馆的文化视野 / 145

    露西亚续恋 / 148

    草原的回忆 / 150

    草原游牧文明博物馆 / 153

    "失我焉支山"后一章 / 155

    新罗、百济佛教文化之旅 / 158

- **大江大湖**

    母亲河的沧桑 / 175

    后"五鼠"时代的开封府 / 179

    长江的话 / 188

    荆江的话 / 191

    川江流韵 / 193

    巴山楚水随想 / 195

    咸海的故事 / 197

- **神州游踪**

    雾里的扬州 / 203

    仲夏忆武汉 / 205

    汉阳陵 / 208

    一个民族的消亡 / 210

    盐都的回忆 / 212

    回首唐山 / 214

    泥石流·堰塞湖 / 216

    【外一篇】秋韵 / 218

敦
煌
遗
韵

龟兹石窟寺搬家记

乍看本文的题目，可能会有点令人费解，甚至令人误会是篇科幻小说。可不是？偌大一个石窟寺，又如何搬起家来？可是细心一想：我们搬家，其实也不是连房子这硬件一起搬走。搬走的往往只是屋子里的家当（或软件）。因此，所谓石窟寺搬家，不过是把石窟寺内的家当从山野间搬到市区的博物馆去而已。

且先说说那家当的原乡：山野里的石窟寺。

"如来"家当

石窟寺原是印度佛教早期寺院建筑模式之一。早期的印度佛寺，多修筑于平地上，以佛塔作为最主要的建筑物和朝拜对象。时至今日，这种佛塔寺在斯里兰卡、泰国、缅甸等南传佛教国家仍很普遍。相形之下，石窟寺则是修筑于较幽静的河谷之中，在河岸的岩壁中开凿出一系列的洞窟，供僧侣礼佛、静修及生活之用。印度至今仍有逾百个这样的石窟寺遗址，包括位于德干高原河谷中、始建于公元前二世纪的阿旃陀（Ajanta）石窟寺。公元一世纪后，随着佛教的北传，石窟寺亦相继出现于中亚细亚的广大地区，包括今天的阿富汗、乌兹别克斯坦及中国新疆等地。二〇〇一年被阿富汗塔利班炸毁的巴米扬大佛，原来亦是位于喀布尔河谷的一个石窟寺之内，旁边还有不少其他的洞室。中国新疆库车的克孜尔窟和吐鲁番的柏孜克里克窟、甘肃敦煌莫高窟和安西榆林窟、山西大同的云冈石窟和河南洛阳的龙门石窟等，均属石窟寺一类。

石窟寺之内，较大的洞室中一般均放置了佛像，供僧侣及信众礼佛之用；其功能仿如今日汉传佛教寺庙中的佛殿或佛堂。洞室的边墙上及顶部，常有彩绘的壁画，内容主要为佛传、佛本生故事，以及佛经里的寓言故事或说法场面。这些佛像和壁画，正是克孜尔等中亚石窟寺的家当。有人称佛教事业为"如来家业"，也许这些家当亦可以称为"如来家当"。

中亚石窟寺内的这些家当，除了是佛教文物及艺术品外，本身还有一定的历史意义。佛教源于印度，经中亚细亚传入中国。印度佛教的历史，反映于不同时代的佛经之中，包括原始佛教后期的《阿含经》，大乘佛教初期（公元一至四世纪）的般若诸经诸论、中期（公元四至七世纪）的唯识诸经诸论和后期（公元七至十世纪）的密教诸经。中国佛教的历史络脉，也是比较清晰的。从两汉的初传期，到魏晋南北朝的译经期，再到隋唐八宗的高峰期，都有不少文献可资参考及研究之用。唯独中亚那一段佛教史，差不多可以说是佛教传播史中的一片空白（a missing link）。

中亚地区自古以来就是欧亚诸游牧民族往返征战、争夺绿洲的历史舞台。游牧民族甚少用文字记录自己的历史或宗教信仰。文字数据往往仅限于法显的《佛国记》和玄奘的《大唐西域记》等少量的中文文献。众所周知，公元一世纪至八世纪之间，佛教是中亚地区最广泛传播的宗教之一。时至今日，中亚地区仍有不少佛教建筑遗址，包括阿富汗境内的巴米扬和海巴克石窟寺、乌兹别克斯坦境内阿姆河北岸铁尔梅茨一带的多个遗址、塔吉克斯坦境内阿姆河北岸的阿吉纳·特佩佛寺和卡菲尔·卡拉佛寺遗址和塔吉克斯坦南部图巴里斯坦佛寺遗址等。同一时期，中国新疆境内的古代诸绿洲国，亦多信奉佛教。这包括了西域南道上（即昆仑山北麓）的于阗、米兰、精绝等绿洲国，以及西域北道上（即天山南麓）的疏勒、龟兹、焉耆、高昌诸国。八世纪以后，伊斯兰教席卷中亚，其间有不少佛教建筑在战争中遭到毁坏，特别是城区内的佛塔寺。部分石窟寺的家当亦受到严重的破坏。中亚广大地区随后改宗伊斯兰教；其佛教信仰及建筑艺术因此亦逐渐成为历史陈迹。由于文字数据的缺乏、佛教建筑的破坏，我们要研究中亚佛教史或中亚佛教艺术殊不容易。因此，像新疆库车（古龟兹国）克孜尔窟，以及吐鲁番（古高昌国）柏孜克里克窟这样的中亚石窟寺遗址，至今仍保留着不少富有西域风格的壁画，实在是难能可贵、甚有历史价值的。

新疆库车（古龟兹国）的克孜尔石窟寺

丝路佛国

西域诸绿洲国中，龟兹是天山南道上著名的佛国之一。其首府在今新疆库车县；国境约包括今拜城、库车、新和、沙雅四县。龟兹"人以田种畜牧为业"（《晋书·西域传》）。该地自古以来亦是西域的矿冶中心；所产铁器，"恒充三十六国用"。古龟兹人属印欧语裔吐火罗语支，约于四千年前从南俄大草原迁入中国新疆，至公元八世纪以后才开始突厥化。

据《阿育王息坏目因缘经》所载，佛教早在阿育王在位时期（公元前二六八至前二三二年）已从印度传入龟兹。至公元三世纪龟兹佛教已相当兴盛，并不时派遣僧侣到汉地弘法。曹魏甘露年间（公元二五六至二六〇年），龟兹僧人白延在洛阳译出《首楞严经》、《佛说菩萨修行经》及《佛说无量清净平等觉经》等佛经。晋太康七年（公元二八六年），龟兹僧人法护于长安译出《正法华经》。晋永嘉年间（公元三〇七至三一三年），龟兹王子帛尸梨蜜多罗（亦为僧人）在建康（今南京）译出《佛说灌顶经》等佛经，并授梵呗。同一时期，龟兹僧人佛图澄成为后赵国君石勒及石虎的国师。中国佛教史上四大译经师之首的鸠摩罗什，亦出生于龟兹，于姚秦时（公元四〇一至四〇九年）在长安译出般若经论七十多部，三百余卷，流传千古。

西行求法的玄奘，于贞观六年（公元六三二年）到达了龟兹。他后来在《大唐西域记》中描述了当时龟兹佛教的情况："伽蓝百余所，僧徒五千余人……经教律仪，取则印度"，并详细记述了库车河两岸的昭怙厘大寺以及法会的盛况："每岁秋分数十日间，举国僧徒皆来集会。上自君王，下至士庶，捐废俗务，奉持斋戒，受经听法。"

玄奘笔下的百余所伽蓝，除了在库车河东西两岸的昭怙厘大寺外，还包括了不少开凿于天山南麓河谷中的石窟寺。这些石窟散布于今天库车地区全境，其中以拜城县克孜尔乡和库车县库木吐拉村、森木赛姆、克孜尔尕哈及阿艾等地的石窟较为著名，壁画较多，家当较丰厚。这些石窟及壁画见证了龟兹往昔的光辉岁月，以及灿烂的丝路佛教文化艺术。

搬家记事

九十年代末，笔者开始在佛教学院讲授佛教史。如上所述，"印度佛教思想史"及"中国佛教史"两门课的材料都很充足，并不难找。"中亚佛教史"这门课就不一样了，材料很少。为了搜集教材，笔者特意到天山南麓（包括中国新疆及吉尔吉斯斯坦）的佛教遗址去体会和了解情况。先后两次走访库车，看石窟寺遗址及流传下来的壁画，结果是每次均失望而回。克孜尔石窟前，如今新建了一个鸠摩罗什的铜像，造型很美，很洒脱；但洞室内能见到的壁画不多。许多洞室都显得破落荒凉，边

8

墙大幅剥落，壁画残缺不全；文物保护及管理均远逊于敦煌的水平。从文献上得知：不少壁画及佛教文物早已被德国人取走，收藏于柏林印度艺术博物馆中。

十九世纪末二十世纪初的中国，正值晚清动荡之秋，国弱民艰，风雨如晦。欧洲国家的一些考古学者及汉学家，纷纷到新疆的丝路佛教遗址进行探索及发掘工作。先是英籍匈牙利人斯坦因（Aurel Stein）于一九〇七年取走了大量的敦煌文献及绢画，现今收藏于大英博物馆及大英图书馆内。法国汉学家伯希和（Paul Pelliot）继而于一九〇八年精心挑选并运走了大批的敦煌文献，以及和田地区（古于阗国）的佛教文物（包括佛像、文献、绘画等），现今收藏于巴黎的吉美（Guimet）博物馆及法国国家图书馆内。德国人则先后四次进入新疆，计为第一次（一九〇二至一九〇三年），由考古学者格伦威德尔（Albert Grunwedel）领队；第二次（一九〇四至一九〇五年），由东方学者勒柯克（Albert von Le Coq）领队；第三次（一九〇五至一九〇七年）由前述两人共同带队；第四次（一九一三至一九一四年），由勒柯克领队。每次都带去了技术员巴图斯（Theodor Bartus），专责壁画的切割、揭取、包装工作。就这样，德国人先后在库车、吐鲁番、巴楚等地取走了文物四百三十三箱，约三点五万公斤，其中有佛教壁画六百三十幅，以及大量其他的绘画、雕塑及文献。中国考古学家徐旭后来到吐鲁番的柏孜克里克石窟考察，有这样的记述："初到所见数洞，彩色犹新，佛像兼有存者，画笔工细，仪态万方，可惜完整者全被勒

9

克科（即勒柯克）切去，运往柏林。南边诸洞，下截大佛像皆已被勒克科切去……"黄文弼也有类似的描述，与笔者在库车及吐鲁番石窟内见到的情况大致相若，予人一种残缺荒凉的感觉。

时至今日，如要观赏新疆石窟寺的佛教艺术，看来只能去柏林、巴黎、伦敦、圣彼得堡、纽约等城市的博物馆了。巴黎的吉美博物馆，经多年装修后重新开放。展品内容以东方文明为主，佛教艺术内容十分丰富可观。地点在凯旋门和铁塔之间，不难找。柏林的印度艺术博物馆，是德蓝博物馆群（Dahlem Museum Group）的一部分，连接东亚艺术博物馆及民俗博物馆，位于柏林市的南部，与柏林自由大学为邻。柏林的印度艺术博物馆，收藏了大量精美的新疆壁画及佛教文物，就像把石窟寺的家当从山野间搬了过来一样。说白了，这里能看到的壁画，远胜于今天仍残存于石窟内的少量壁画，实在教人唏嘘不已。

今日的柏林印度艺术博物馆，其展览环境及库藏条件无疑都是优越的。博物馆亦不时安排中国的有关专家学者到柏林就佛教艺术进行合作研究，像北京大学的李崇峰教授就是个好例子。尽管德国人很珍惜这些佛教文物，但世事无常，这些珍贵的文物也曾在"二战"期间损失了逾三分之一。第二次世界大战的末期，盟军战机轰炸柏林。博物馆亦先后遭受了七次猛烈的轰炸，部分壁画化为瓦砾，包括二十八幅最精美的大型壁画。战后，还有一部分壁画及文物被苏军运走，至今下落不明。佛教的一个基本教义是"缘生缘灭"。世间万象如此，丝路的兴衰如此，壁画的沧桑亦如此。搬家后的壁画，如今已是人类文明的共同遗产，是人类的共同家当及集体回忆了。

克孜尔千佛洞内大部分壁画被切割成块，运往德国柏林

克孜尔千佛洞壁画——龟兹王及王后像

（现藏柏林印度美术博物馆）

从 "伤心史" 到显学

倘若你有幸遇上前辈史学家陈寅恪，问他："敦煌是啥事？"恪老或许会重述他在二十世纪三十年代分析过的那句话："敦煌者，吾国学术之伤心史也。"

这句话如今仍铭刻在敦煌藏经洞陈列馆的一块大石上，让人看了，先是触目惊心，继而黯然神伤。

敦煌缘何竟成了吾国学术之伤心史？这要回溯到光绪二十六年（公元一九〇〇年）那段不平凡的岁月。

那一年，敦煌莫高窟（时称千佛洞）的主持道士王圆箓在清理第十六窟通道上的积沙时，偶然发现窟内北侧别有洞天，由是开挖出后来举世知名的藏经洞（现称第十七窟）。

开洞之初，洞内约有古代写本和刻本四万余卷，最早的成书于四世纪中叶（南北朝），最晚的则是十一世纪初（宋），横跨近七个世纪。这些文献其实是中国中古时代社会、政治、经济、文化、宗教、生活等各方面的第一手史料，可谓中国中古社会生活的百科全书，因此深受国际学术界的重视。陈寅恪当年把这个崭新的学术领域称为"敦煌学"。这四万多卷的敦煌遗书包括了佛教、道教、摩尼教及景教文献，儒家典籍，文学作品（诗歌、变文、曲子词、话本小说、俗赋等），当地政府及寺院档案（包括民间契约、社邑文化、田制文书、赋税记录等），史地文献，科技文献（算术、力学、计量学、冶炼、炼丹、天文图、医籍、针灸、印刷、建筑、纺织等范畴）。除汉语写本外，还有大量以古藏文、回鹘文、于阗文、粟特文、梵文等文字写成的文献。此外，还有不少艺术品，包括绢画、麻布画、纸画、纺织品、刺绣品、木雕品等。

敦煌藏经洞陈列馆之石刻："敦煌者，吾国学术之伤心史也。"（陈寅恪，一九三〇年）

众所周知，藏经洞被发现后，文献文物随后大量流失或遗失。英籍匈牙利人斯坦因取走了约一万五千卷；法国人伯希和拿去了约六千六百卷；日本人橘瑞超和吉川小一郎、俄国人鄂登堡也相继取走了不少的文卷。如今，只剩下八千多残卷，保存于国家图书馆内。洞内的绘画、纺织、木雕等藏品，绝大部分已被斯坦因和伯希和取走。外国人取去这一大批敦煌文献文物后，十分重视它们对中古史研究的价值，于是认真地开展了敦煌学的研究。日本学界就曾长期流传着这样一句话：敦煌在中国，敦煌学在日本。

法国人伯希和在藏经洞内筛选文献（一九〇八年），其后取去约六千六百卷；英籍匈牙利人斯坦因则取去约一万五千卷

这就是那句"敦煌者，吾国学术之伤心史也"的历史背景。那年头，中国内忧外患、连年战乱，敦煌石窟残破失修，敦煌文献文物大量流失海外。要展开敦煌艺术的保护工作，或进行敦煌学研究，实在谈何容易？尚幸二十世纪以降，不少前辈学人及仁人志士为了敦煌石窟的保护和

敦煌学的传承挺身而出，尽心尽力，在极其困难的条件下起了关键性的作用。这当中包括了叶昌炽、叶恭绰、罗振玉、王国维、于右任、陈寅恪、陈垣、贺昌群、饶宗颐诸先生。一九四四年，敦煌艺术研究所正式成立，由常书鸿担任首任所长，开始了筚路蓝缕的敦煌艺术抢救工作和敦煌学的研究。这以后，段文杰和樊锦诗相继带领着一代代的敦煌人，为民族文化遗产的保护和传承，在大西北的戈壁滩上默默耕耘，奉献了自己的毕生精力，鞠躬尽瘁，死而后已。

选堂饶宗颐先生的敦煌学研究，始于二十世纪五十年代初。他当时任教于香港大学中文系。适值日本人榎一雄在伦敦把斯坦因从敦煌洞拿走的写本（编号一至六九八〇）摄制成缩微胶卷。在当时正于剑桥大学授课的郑德坤教授的帮助下，选堂先生有幸购得了其中的一套，从此开始了他对敦煌学的研究。一九五六年四月，他的第一本敦煌学著作《敦煌老子想尔注校笺》出版，引起了学界对道教史研究的重视。

选堂先生对敦煌乐舞、书法、绘画、历史、宗教、文学诸领域均有深入的研究及创见。乐舞方面，他于一九六〇年发表了《敦煌琵琶谱续记》；一九六二年发表了《敦煌舞谱校释》；一九九〇年及一九九一年又分别出版了《敦煌琵琶谱》及《敦煌琵琶谱论文集》两部重要的著作。书法方面，一九六五年发表了《敦煌写卷之书法》；八十年代编撰了《敦煌书法丛刊》共二十九册（日本二玄社出版）；一九九三年又编纂《法藏敦煌书苑精华》共八册，开创了敦煌书法研究的先河。绘画方面，一九六九年发表了《跋敦煌本白泽精怪图两残卷》；一九七八年出版了《敦煌白画》，深入研究唐人的绘画技法。历史方面，一九六四年发表《神会门下摩诃衍之入藏兼论禅门南北宗之调和问题》；一九六八年发表《维州在唐代蕃汉交涉史上之地位》，一九七一年发表《论敦煌陷于吐蕃之年代——依顿悟大乘正理决考证》等专论，解决了一些敦煌历史上悬而未决的问题；一九九五年出版了《新莽简辑证》及《敦煌汉简编年考证》两部书。选堂先生对唐代敦煌曲子词亦有深入研究：一九七一年曾出版《敦煌曲》一书；一九九六年又出版《敦煌曲续论》一书。先生对敦煌本《昭明文选》亦曾长期进行研究，二〇〇〇年出版了《敦煌吐鲁番本文选》一书。

一九六五年至一九六六年，先生曾应邀到欧洲，研究巴黎及伦敦所藏的敦煌文献。一九七八年至一九七九年，先生又再到法国高等研究院讲学及进行研究。

自一九八七年始，先生亲自主持了大型高水平学报《敦煌吐鲁番研究》的编务，至今已出版十一期。他又经常指导内地中青年学者从事专题研究，积极培育敦煌学人才。先生亦因而于二〇〇〇年获颁"敦煌文物保护研究特殊贡献奖"。

众所周知，选堂先生是当代杰出的书画艺术家。他的书艺中含敦煌书法的元素，早年便已尝试将敦煌流沙坠简的书法，结合石门铭而创造出自己的一种写法。他所绘的人物画及动物画，亦脱胎自敦煌画稿。近年，选堂先生又开创了西北宗山水画，以敦煌及大西北的山水入画，于南北二宗之外另辟新途径及技法，极富创意。先生学艺双携，把敦煌学与敦煌艺术熔于一炉，堪称前无古人。

逾五十载的敦煌学艺研究，令选堂先生对敦煌产生了极深厚的感情，并对敦煌文献及敦煌艺术的巨大价值有着深刻的体会。先生近年感到特别欣慰的是：二十世纪八十年代至今，内地之敦煌学渐成显学。内地专家学者人才辈出，迎头赶上，形成了一支朝气蓬勃的敦煌学生力军。以流落海外博物馆及图书馆的敦煌文书及文物为内容的大型精美图册，亦相继在内地出版，为内地敦煌学研究提供了条件。昔日陈寅恪曾慨叹"敦煌者，吾国学术之伤心史也"，选堂先生认为这种情况如今已有所改观。时至今日，中国敦煌学者已在国际学术界取得领先或主导地位，并且成绩斐然，令人鼓舞。

尽管如此，敦煌壁画的保护工作至今仍然十分艰巨，需要不少的人力物力。有鉴于此，选堂先生勉励大家多关心多支持敦煌文物保护工作。在先生的精神感召下，香港一批有心人成立了"香港敦煌之友"，至今已为敦煌研究院募集了逾六十个洞窟的壁画数码化及维修保护所需的经费，以便永久保存这些艺术瑰宝。数码化的壁画图像记录，可于荧幕上放大细赏，更有利于研究工作。选堂先生又捐出了十幅书画作品，为敦煌艺术的保护而义卖，共筹得港币一千三百多万元。先生仁为己任，善与人同，令人感佩不已。与此类似，美国近年亦成立了"美国敦煌之友"的组织，支持敦煌文物的保育工作。牵头的是微软公司比尔·盖茨（Bill Gates）之继母咪咪·盖茨（Mimi Gates），她是选堂先生四十年前在耶鲁大学讲授甲骨文课时的学生。敦煌曾是汉唐丝路上中外诸古代文明的交汇点，如今又汇聚着为文物保护而共同努力的一众中外人士，因缘际会，信是有缘？

丝路钩沉

粟特故里——文明的十字路口

"中亚"这一名词，狭义是指五个中亚共和国：哈萨克斯坦、乌兹别克斯坦、土库曼斯坦、吉尔吉斯斯坦及塔吉克斯坦。广义的中亚还包括伊朗东北部、阿富汗、巴基斯坦西北部和中国新疆西部。

中亚的核心地带是阿姆河及锡尔河之间的河中地区，今天属乌兹别克斯坦的领土。这个地区自古以来便是东西交通和商旅必经之地，因此被历史学者称为"文明的十字路口"。这个称号其实也反映了在漫长的历史中，中亚周边的王朝及其强大的军队曾川流不息地进入或经过中亚，或征略，或兼并。其较主要者如下：

一、约公元前一千八百年，印欧语系的雅利安人从南俄大草原经中亚迁入伊朗高原及印度，部分留居中亚。

二、公元前六世纪，波斯阿契美尼德王朝征服中亚，成立粟特、花剌子模、大夏等行省。

三、公元前三二九年，亚历山大攻克中亚，并娶粟特公主为妻。中亚其后为希腊人建立的塞琉古王朝所统治。

四、公元前一世纪，月支（亦称月氏）人在河西走廊为匈奴所败，西迁中亚，其后灭希腊殖民国大夏，建立贵霜王朝，并把中亚纳入版图。

五、公元二世纪，波斯萨珊王朝统治中亚。

六、公元四世纪，匈奴嚈哒部征服中亚。

七、公元六世纪，突厥人为唐王朝所败而西迁，进入中亚；中亚开始突厥化。

八、公元七至八世纪，唐王朝对中亚实行羁縻府州制，并设立众多都护府。

九、公元八世纪，阿拉伯人征服中亚；中亚开始伊斯兰化。

十、公元九世纪，波斯萨曼王朝统治中亚。

十一、公元一二一九年，成吉思汗的蒙古铁骑征服中亚；中亚其后成为察合台汗国一部分。

十二、公元十七至十九世纪，沙俄吞并中亚。

善于经商的粟特人

中亚的核心地带，即阿姆河及锡尔河之间的河中地区，自古以来就是印欧语系粟特人的活动舞台。

希腊历史学家希罗多德曾于公元前五世纪写成了《历史》一书。书中记载：早在公元前 11 世纪的上半叶，粟特人已生活在中亚的阿姆河中游、泽拉夫珊河流域及卡什卡河流域。这个地区土地肥沃，农业、手工业及商业都较中亚其他地区发达。粟特人逐渐在这个环境下发展成为一个善于经商的民族，不独在粟特地区做生意，还大规模地移民到中亚其他地区及中国经商。通过粟特商人的经商活动，许多波斯及罗马的贵重商品及中亚特产被带到中国来，对唐代的社会产生了不小的影响。他们又把中国的产品，特别是丝绸，沿着丝绸之路分段运送至罗马、波斯等地销售，获利甚丰。因此《新唐书·西域传》亦记载粟特人"善商贸，好利。丈夫年二十，去傍国，利所在，无不至"。

粟特商人输入中国的物品包括食品（例如葡萄酒）、香料（例如沉香）、动物（例如马、狮子、豹、犬、波斯猫）、宝石（例如玛瑙、水晶）、金银器、玻璃器、织物（例如地毯）。

中亚壁书上的粟特人（塔吉克斯坦彭吉肯特遗址出土）

相传粟特人很重视培养他们的下一代也成为经商能手。因此，从襁褓时期开始，父母就会把一块糖放在婴孩的舌下，让他日后变得"嘴甜舌滑"。同时又把一个钱币置于他手中，让他学会紧握钱财，日后更善于理财。

唐时侨居中国的粟特人甚多，有些还当上了唐王朝的高官。中国史籍称粟特人为"昭武九姓"，即康、安、石、米、曹、何、史、火寻及戊地等九个中亚城邦国家，其中以康国（今撒马尔罕）、安国（今布哈拉）为大。中国历史上的"安史之乱"，正是由在唐王朝当高官的粟特人安禄山、史思明所发动的。

乌兹别克族源考

上古中亚人种主要为伊兰人及操东伊朗语的印欧语裔族群中的印度—伊朗支。中亚地区既然是"文明的十字路口",在不同的历史阶段又迎来了不同的族群,包括六世纪时入侵的突厥人、七世纪入侵的阿拉伯人和十三世纪入侵的蒙古人。突厥人在横跨欧亚大陆的突厥汗国(包括中亚)境内推行突厥语。阿拉伯人的入侵导致了整个地区的伊斯兰化,蒙古人的后裔则成了今日中亚哈萨克斯坦及乌兹别克斯坦两国的主要族群之源。

乌兹别克族(其中一部分生活于中国境内,称为乌孜别克族)占了今日乌兹别克斯坦人口的八成。哈萨克族则占了哈萨克斯坦人口的六成。乌兹别克斯坦经济以农业为主;哈萨克斯坦则仍然维持草原游牧文明的特色。尽管如此,两国主体民族的族源原来其实是十分接近的。

十三世纪蒙古帝国创立时,成吉思汗的长子术赤的封地是额尔齐斯河以西的地区(即今日的哈萨克斯坦和西西伯利亚)和花剌子模。术赤之子昔班则得到了从乌拉尔一直延伸到额尔齐斯河上游的广阔领土作为他的封地。十四世纪初,昔班的后裔乌兹别克汗接受了伊斯兰教。一四二八年，其后裔阿不勒海尔汗成功地联合了整个地区的游牧部落，正式成立了乌兹别克汗国，并开始南侵帖木儿帝国，占领了锡尔河流域及花剌子模。其后，汗国中有两位亦是出自术赤后裔的王子（克利和札你别）率领着相当多的部族，从汗国中分裂了出来，并采用了哈萨克人这个称号。一四六八年，哈萨克人与乌兹别克人进行了一场大战，杀死了阿不勒海尔汗和他的儿子。一五〇〇年，乌兹别克人在阿不勒海尔的孙子昔班尼的领导下东山再起，占领了河中地区、布哈拉和撒马尔罕，在帖木儿帝国废墟上建立了一个强大的乌兹别克汗国。

古波斯与中亚

阿姆河发源于帕米尔高原后向西流，成为今日的阿富汗与塔吉克斯坦两国之间的边界河。它其后流入土库曼斯坦的东北部，再转北流经乌兹别克斯坦的西北部，注入咸海。在乌兹别克斯坦境内的阿姆河下游三角洲地区，古称花剌子模，是中亚古文明的发源地之一。

古代的花剌子模人属伊朗人种，操东伊朗语。俄国的中亚史学家巴尔托里德等人在考古发掘的基础上，认为波斯的拜火教亦源于花剌子模。公元前六世纪，波斯阿契美尼德王朝成立时，中亚的花剌子模、布哈拉及撒马尔罕等均为波斯帝国的东部行省或属土。古波斯的坎儿井、地下水渠及农业灌溉系统，亦曾被俄国考古学家在中亚地区大量发现。原籍花剌子模的中古天文学家比鲁尼也曾称花剌子模是"波斯大树上的一根树枝"。

中古时代的中亚，曾是伊斯兰世界的学术文化中心。当时中亚的科学水平在伊斯兰世界中亦属相对地高。因此中古波斯诗人鲁米在他的诗作中曾称赞布哈拉是"知识的宝藏"。中古波斯的诗仙、浪漫的诗人哈菲兹曾在他的一首诗中赞美一位设拉子的美女，并谓愿意以撒马尔罕及布哈拉两个珍宝级的城市换取美人面颊上一颗印度式的黑痣。当时还是帖木儿统治的年代。相传帖木儿汗得悉哈菲兹的诗句后大为震怒，于是召来哈菲兹，质问他为何够胆拿撒马尔罕及布哈拉两城来换取情人面颊上的黑痣。哈菲兹答道：是的，大王，正是由于我的一贯慷慨疏财，所以才落得今天的一贫如洗；如今只好央求你的赏赐和周济了。帖木儿颇欣赏他的急智，因此事后还真的给了他一份不轻的赏赐呢。

花剌子模的姑娘

花剌子模古城

葡萄酒及汗血马

乌兹别克斯坦的东部地区，介乎帕米尔高原及天山之间的锡尔河上游冲积平原，称为费尔干纳盆地；人口有八百多万，是乌兹别克斯坦最重要的农业区。汉代称这个地区为大宛，以盛产良马、葡萄及苜蓿而见著。

西汉张骞出使西域后，从大宛带回葡萄及苜蓿的种子。《史记·大宛列传》云："宛左右以葡萄为酒，富人藏酒至万余石，久者数十岁不败；俗嗜酒，马嗜苜蓿。"苏联考古学家在撒马尔罕及塔什干亦曾发现公元七至八世纪的葡萄酒作坊遗址。在撒马尔罕及布哈拉等地发现的大量粟特壁画中，也有不少宴饮场面。这些均反映了乌兹别克斯坦及中亚一带，自古以来就是葡萄酒的产地。

葡萄种植业后来从中亚传至新疆：一方面是因为气候土壤条件较接近；另一方面亦与粟特人的大量东迁有关。粟特移民潮在公元五至六世纪时达到高峰。七世纪时，有康国人康艳典在新疆鄯善筑葡萄城。酿酒技术于是传入新疆，至唐太宗时传入中国内地。《唐会要》曾提及唐太宗亲自造酒，颁赐群臣。王之涣的《凉州词》亦有名句："葡萄美酒夜光杯，欲饮琵琶马上催。"

33

大宛骏马

除葡萄酒外，大宛同时亦以产良马见称。据云：大宛马的前肩膊与项背皮下有一种寄生虫，寄生处皮肤隆起。马奔跑时，血管涨大；寄生处创口张开，血就流出来。因此，大宛马亦称汗血马。

中国历代文献中不乏中亚贡马的记载。唐时的昭武九姓之地（今日的乌兹别克斯坦），更是产良马之邦。《唐会要》曾云：康国马，是大宛马种……武德（唐高祖武德九年，公元六二六年）中，康国献四千匹。唐时，昭武九姓贡马不下十五次。这些马身材高大、脚程快而富耐力；其原型可见诸近代出土的唐代马俑及唐三彩马。

帖木儿与撒马尔罕

　　蒙古人于十三世纪建立了横跨欧亚的四大汗国，其后逐渐被当地的伊斯兰社会同化，语言亦日渐突厥化。约一世纪后，一位突厥化及伊斯兰化了的蒙古将领帖木儿（公元一三三六年至一四〇五年）凭军功逐渐崭露头角，掌揽了军权，随后征服了几乎整个中亚及西亚地区，建立了帖木儿帝国，定都撒马尔罕。

　　帖木儿在西方文献中往往以嗜杀的暴君形象出现。相传由他发动的战争导致了多达一千七百万人的死亡。

　　帖木儿其实也有文明的一面。尽管他是个目不识丁的大老粗，但他却十分尊敬有学问的人。他主导了中古波斯文学最辉煌的时代，并大力护持波斯画家和书法家。他促成了察合台突厥文字的发展。此外，他又提供了大量的资金，兴建了无数堂皇华丽的清真寺和伊斯兰经学院。他把撒马尔罕建设成一个美轮美奂、极具伊斯兰建筑风格的中亚城市。联合国教科文组织曾于二〇〇一年把这些古建筑列入世界文化遗产。

　　今天，游人来到撒马尔罕，最瞩目的城市地标当然是列基斯坦广场和它周边的三座高大的伊斯兰经学院。英国

撒马尔罕的列基斯坦广场

前派驻印度的总督喀逊曾称赞列基斯坦广场为世界上最高贵的广场。可这组地标性建筑却不是帖木儿本人亲自创建的。广场西边的兀鲁伯经学院建于一四一七至一四二〇年间。两个世纪之后，东边的希尔多尔经学院才建成。中间的提拉卡利经学院则建于一六四六至一六六〇年间。离广场东北角约七百米的比比哈姆清真寺则是帖木儿为纪念其发妻而建的。

　　一四〇五年二月，帖木儿为了圆他那重建横跨欧亚的蒙古大帝国的梦，正准备率领二十万人的军队远征中原，途中却病逝于讹答剌城（今哈萨克斯坦境内）。

中亚游牧人的伊斯兰化

中亚绿洲地区，是定居的农业社会和城邦国家。中亚辽阔的草原和荒漠，则是游牧人的世界。

相对于绿洲居民来说，草原上的游牧人生活于较隔绝和较孤独的环境中。自古以来，他们就处于无边无际、神秘莫测的苍穹下，对草原荒漠上的种种自然现象（包括雷、电、风暴）产生了恐惧与敬畏之情。信仰天地万物有灵的原始宗教萨满教就是在这样的条件下衍生的。长期以来，游牧人借助萨满巫师的超自然力量来寻求精神上的慰藉。

公元八世纪以后，藏传佛教的喇嘛与伊斯兰教苏菲派的托钵僧开始进入中亚草原地区传教。他们入乡随俗，部分人采用了萨满教的形式和传说，逐渐赢得了游牧人的敬畏和信任。到了十九世纪，中亚大部分游牧民族都已成了穆斯林。他们皈依伊斯兰教的主要原因是他们对伊斯兰教在感情上的投合，而不一定是对其经教神学的投合。游牧人在接待游方的托钵僧和接受他们那些具有神秘主义超自然力量的教理时表现出来的敬畏之情，意味着游牧人已将这些新来的托钵僧与他们原来祖传的萨满巫师等同起来了。换言之，一个托钵僧为游牧人所能提供的，正是萨满

39

巫师以前能给予的精神慰藉。但传统习俗在许多游牧人身上仍有一定程度的保留，特别是居住在远离绿洲地区的哈萨克人和吉尔吉斯人中间就更是如此。有些游牧者因此无视《古兰经》的戒律，喝马乳酒（一种用发酵马奶做成的酒精饮料），有时还喝血、吃腐肉及自然死亡的牲畜。对男女之间的关系亦不如有些伊斯兰国家来得严谨；这往往反映于他们那些热情奔放的民歌及民族舞蹈之中，在中国的新疆牧区亦如此。

中亚草原地区的伊斯兰教苏菲派托钵僧

亦武亦文的中亚汗王

公元十四世纪末，突厥化了的蒙古军阀帖木儿经过多年的征伐后，建立了横跨西亚与中亚的大帝国，定都撒马尔罕。尽管在某些欧洲人的眼中，他是个野蛮的鞑靼征服者，可他和他的帝国却对文化艺术颇有建树。帖木儿掌权后，对帝国治下的波斯文学艺术逐渐产生了兴趣，并成为文学及艺术的重要赞助者和保护者。继承王位的儿子沙哈鲁亦花了大量的财力物力，用于赞助艺术家及作家。至十五世纪末，帝国的统治者胡赛因·拜卡剌的宫廷中亦聚集了大批的音乐家、诗人、画家和学者。他们受到了极为优厚的礼遇。中古波斯文学黄金时代的最后一位伟大的诗人内扎米，就生活在这位国君的保护下。波斯风格的袖珍画及书法，亦得到了进一步的发扬，并逐渐传入印度。

十六世纪初，蒙古裔的乌兹别克人占领了锡尔河及阿姆河之间的河中地区，建立了昔班王朝。王朝的开创者昔班尼既是一个军事上的卓越领导者，又是一位具有文化素养和多才多艺的君主。他用察合台突厥文写下了不少优秀的诗歌。他身边经常有一大批的诗人、学者和伊斯兰教神学家。在远征途中，他经常随身带着一个流动图书馆，供阅读之用。

昔班王朝的另一位国君兀拜都剌汗（一四七六至一五三九年），除了以征略见称外，也是一位学识渊博的大诗人。他对学者和诗人的赞助亦不遗余力。昔班王朝鼎盛时期的统治者阿不都剌汗二世（一五八三至一五九八年），以慷慨资助建筑师和画家见称，亦是学者的保护人。

昔班王朝的多位国君都对文学及艺术表现出了真挚的热爱。他们还在布哈拉和撒马尔罕兴建了大量辉煌的寺院和伊斯兰神学院，用上了精美的绘彩瓷砖装饰，至今仍有不少保存下来。

收之桑榆的启示

读一点中亚民族史，也可以给人走出困境的启示，让人体会"失之东隅，收之桑榆"之理。试举几个例子以说明之。

公元前两千多年前，原来游牧于南俄大草原的印欧语系民族，因灾荒而迁离草原：一部分向东南迁入伊朗高原及印度，日后分别衍变成古波斯及印度雅利安民族；更大的一部分西迁入欧洲，成为今日欧洲各主要民族的源头。

秦汉之间，游牧于河西走廊的月氏人（亦为印欧语系东迁民族）为匈奴所败，于是西迁，越过葱岭（即今帕米尔高原），南下占领大夏（今中亚地区），建立了显赫一时的贵霜王国。

东汉初年，北匈奴为窦宪所败，于是西迁。至四世纪时入侵欧洲，直迫罗马帝国。匈奴首领亚提拉令欧洲人闻风丧胆，称之为"上帝之鞭"。

七世纪时，突厥为唐所败，于是西迁，最后建立了横跨西亚及中亚的大帝国。唐军又曾东征，击溃高句丽、扶余及靺鞨联军。靺鞨西迁，经北亚细亚翻过乌拉山进入欧洲，至八世纪时在多瑙河畔建立马扎儿国，即今匈牙利。

43

十六世纪初，蒙古裔的乌兹别克部族南侵，进入锡尔河及阿姆河之间的河中地区及费尔干纳，灭帖木儿帝国。帖木儿后裔巴布尔率残部南迁，进入印度，成立了统治印度逾三百年的莫卧儿王朝。印度著名的地标泰姬陵，亦为该王朝所建。

上述这些例子说明：一个族群陷入困境，仍然可以奋发图强、东山再起、再创辉煌，甚至成就更大的伟业。人又何独不然？

吉尔吉斯斯坦素描

中亚小国吉尔吉斯斯坦近年政局不稳，偶尔成为国际传媒的焦点。

记得多年前，曾到过吉尔吉斯斯坦参加一个由北约举办的山区防灾工作会议。尽管吉尔吉斯斯坦与中国新疆相邻，可两地之间却无定期航班。因此从中国香港到吉尔吉斯斯坦的旅程颇为曲折，要经伦敦转机到阿塞拜疆的巴库，然后再飞往吉尔吉斯斯坦的首都比斯克。在比斯克机场起飞或降落的民用航班，当年只能在凌晨二时至五时之间操作，原因是机场日间供美军使用，支持美军在阿富汗及伊拉克的军事行动。

吉尔吉斯斯坦人口不多，才五百余万。吉尔吉斯（唐代称黠戛斯）与维吾尔（唐代称回鹘）两族均源于西伯利亚，自古游牧于贝加尔湖沿岸及叶尼塞河流域，实为突厥族裔之分支。前者在盛唐时迁至天山西部及帕米尔高原一带，后者则迁至南疆定居。从地图可见，天山山脉的东段在中国的新疆，西段则在吉尔吉斯斯坦。因此，吉尔吉斯斯坦的自然景观与中国北疆大致相若：既有巍峨的雪山，也有水草丰美的草原。草原上至今仍能见到不少突厥先民的石雕人像（守护神）。

45

吉尔吉斯斯坦境内的伊塞克湖，即玄奘《大唐西域记》中的大清池

在吉尔吉斯斯坦期间，不期然想起了玄奘。大唐贞观三年四月，西行路上的玄奘告别了龟兹国，沿天山南麓进入了吉尔吉斯高原。高原当时是西突厥汗国叶护可汗的治地。玄奘沿着风光旖旎的伊塞克湖（玄奘在《大唐西域记》中称为大清池）南岸行进，在碎叶城（李白出生地，接近今日之比斯克市所在地）会见了叶护可汗，其后便折向南行，进入粟特人的昭武九姓国（今乌兹别克斯坦）。今天，在比斯克市中心的吉尔吉斯斯坦国家博物馆内，仍有玄奘当年路过当地的记载。

今日的吉尔吉斯斯坦是个亚欧混合体。比斯克市街头所见，大都是俄式建筑。吉尔吉斯斯坦人大部分已采用俄文姓名，日常生活也普遍使用俄语。尽管吉尔吉斯斯坦已于一九九一年脱离苏联独立，但俄式管理模式至今仍根深蒂固。当地仍有不少俄裔白人。吉尔吉斯民族本身是北亚细亚黄种人。在当地男人的眉宇间，至今尚能见到突厥游牧民族的一股英悍之气。唯牧民多已定居，住帐篷的已不多。吉尔吉斯人其实是个跨境民族，在中国新疆境内约有十四万之众，中国称之为柯尔克孜族。

吉尔吉斯斯坦境内高山多，水流急，水电资源丰富，电力出口供应邻近中亚国家。由于山多，滑坡泥石流灾害也多。经济以畜牧业、毛纺业及矿采业为主。国民生活并不富裕，贪污腐败盛行，民怨甚深。尽管大部分吉尔吉斯人都宗伊斯兰教，但宗教气氛并不浓烈。妇女都穿西式便服，并无阿富汗或伊朗式面罩及长袍。近年欧风美雨的影响日增。

许多年轻人都希望考上比斯克的美国大学，然后再图出国：情况与许多发展中国家相似。

吉尔吉斯斯坦的故事，正是个古老游牧文明与现代物质文明碰撞、交融的故事。

浩罕汗国与新疆

　　十六世纪初，成吉思汗长子术赤的后人昔班尼从草原南下，占领河中地区，在帖木儿帝国的废墟上建立了乌兹别克汗国的昔班王朝。汗国其后逐渐分裂。十八世纪初，乌兹别克九十二个部族之一的明格部在费尔干纳建立了浩罕汗国，至一八七六年为沙俄所灭。

　　费尔干纳盆地位于锡尔河上游的天山西部的崇山峻岭之中，地形仿如一只巨大的椭圆形花篮，素有"中亚花园"之称。玄奘在《大唐西域记》中曾谓其地"周四千余里，山周四境，土地膏腴，稼穑滋盛，多花果，宜羊马"。

浩罕汗国的军队

49

　　浩罕汗国建国之初，与清廷颇为友好，并曾为清之藩属国。大批浩罕人进入新疆定居，并与当地维吾尔族通婚。随着浩罕汗国在中亚的崛起，它与清廷的关系亦有所变化，开始入侵新疆。一八二〇至一八二八年间，浩罕曾伙同维吾尔裔地方首领和卓张格尔多次入侵喀什。一八三〇年，浩罕又联同维吾尔裔和卓玉素普入侵南疆叶尔羌及阿克苏等地。一八四七至一八五七年间，在南疆的大批浩罕人伙同当地和卓发动了多次反清叛乱。一八六五至一八七〇年间，浩罕派将领阿古柏率兵侵占整个南疆，包括喀什、叶尔羌、和田、阿克苏、英吉沙尔、库车、哈喇沙尔等地，建立"七城汗国"。一八七五年五月，清廷派左宗棠领军进入新疆，历时两年始收复国土。

　　一八七六年二月，沙俄军队入侵费尔干纳，浩罕国覆亡，沦为沙俄殖民地。中国新疆西部与浩罕接境之大片国土亦陷于沙俄之手。

　　中国西北边陲地区及其民族关系之复杂性及敏感性，于此可见一斑。

相煎何太急

甲午年（二〇一四年）初春，笔者有缘随张信刚教授及十余友人走访巴尔干，历时两周。其间，信刚兄每天均在旅游车上为团友们讲解当地的文化历史。他讲来娓娓动听，又极具人类文明史的广阔视野，令大家获益良多，十分享受。

古代丝绸之路东起生产丝绸的中国，西达进口丝绸的罗马帝国。进入罗马之前的地区乃是巴尔干半岛。它是东南欧最接近亚洲的地域，因此也是欧亚文明的十字路口。二战后，巴尔干属南斯拉夫。九十年代初，南斯拉夫开始解体，其后形成了斯洛文尼亚、克罗地亚、波斯尼亚和黑塞哥维那、塞尔维亚、黑山、马其顿诸国。巴尔干半岛上的另一个重要国家是阿尔巴尼亚。

自新石器时代以来，巴尔干地区便有人类活动。公元两千年前，境内居民主要为印欧语系的伊利里亚人、色雷斯人和凯尔特人。公元前二世纪以后，曾先后被罗马、拜占庭（东罗马帝国）统治。六世纪，斯拉夫人的一支开始突破拜占庭帝国的多瑙河防线，入侵巴尔干。七世纪，他们逐渐在巴尔干定居下来，与当地土著融为一体，统称南

克罗地亚首都萨格勒布的罗马天主教堂

方斯拉夫人。随着时间的过去，这些南方斯拉夫人的不同族群又逐渐建立起自己的地方政权或王国，包括克罗地亚、塞尔维亚等。巴尔干的北部邻近意大利和奥地利，因此北部的克罗地亚和斯洛文尼亚逐渐接受了罗马天主教。南部的塞尔维亚、黑山和马其顿则接受了东正教。十六世纪末，奥斯曼帝国控制了巴尔干地区。波斯尼亚、阿尔巴尼亚及科索沃的大部分人口改宗伊斯兰教。宗教文化的差异以及族群本身的利益导致巴尔干诸国之间冲突不断，成了欧洲的火药库，亦是第一次世界大战的发源地。二十世纪九十年代南斯拉夫解体时，巴尔干漫天烽火，尤以波斯尼亚之战最为惨烈，出现了集体屠杀、种族清洗等人间惨剧。彼此原为同源同根的南方斯拉夫人，如今兄弟阋墙，相煎何太急？实在令人喟叹不已。

塞尔维亚首都贝尔格莱德的东正教堂

波斯尼亚莫斯塔尔城的清真寺

　　让人更遗憾的是，上述这种兄弟阋墙、大打出手的场面，在人类历史的舞台上不时上演，并不罕见。君不见，同属闪族的犹太人和阿拉伯人厮打了两千年，至今仍无收手的迹象。公元十世纪，回鹘人的一支"葱岭西回鹘"接受了伊斯兰教，回头向同属回鹘、信奉佛教的"高昌回鹘"发动圣战，也打了五百年。自古以来，宗教为满足人类的精神诉求及维持社会的道德规范作出了莫大的贡献，但如不同的宗教（或教派）之间不能互相尊重与包容，也可能导致无休止的冲突和战争。人往往认为真理在自己手中，一些排他性较强的宗教（或教派）亦如是。归根究底，无论是政治斗争，还是教派冲突，背后仍是人性中的"贪、嗔、痴"在作怪。

丝路与古文明的兴衰

　　丝绸之路近年成了旅游热点之一。有朋友从敦煌的莫高窟、安西的榆林窟及吐鲁番的交河故城等遗址游罢归来，对丝路往昔的繁华与今日的荒凉，颇有感触。

　　丝路是个横跨欧亚的商道网络。北有连接呼伦贝尔草原及乌克兰草原的北方草原大道，南则贯通印度及东南亚，东至日本奈良，西达希腊罗马。自古以来，中国丝绸便沿着这个商道网络经中亚细亚出口到欧洲、中东及印度等地。据浙江余杭河姆渡文化遗址出土的陶器显示，中国早在七千年前已有人养蚕缫丝；陶器上的丝蚕图案清晰可见。公元前六至公元前四世纪，中国丝绸已出口至希腊。阿西娜神庙前的石雕女像，穿的正是柔软贴身的丝绸衣裳。当时希腊人及罗马人购买丝绸用的是黄金白银。丝绸在欧洲的售价比在中国原产地贵了一百至两百倍。正因为利润丰厚，才会有骆驼商队不畏艰难险阻，长途跋涉于中亚细亚的荒漠与高原之间，从事这种丝绸贸易及物流运输工作。丝路贸易至隋唐时达至高峰期。当时丝路上的主要商旅，是世居于中亚两河（阿姆河及锡尔河）流域的粟特人（史称昭武九姓胡人），高鼻深目，操东伊朗语。粟特人自小便被培养成为精明的生意人。据说，婴儿甫出世，父母便把糖果置于其口中，以便他日后嘴甜舌滑，好做生意，又把铜钱置于婴儿手中，让他紧握，以示日后能掌钱理财。粟特人的驼队几乎垄断了中亚的丝绸贸易及物流业。当时丝路上的客栈，大多由寺院经营，既为商旅提供生活上的方便，亦为客商在孤寂艰辛的旅程中提供一些精神的慰藉。丝路上有名的重镇布哈拉，意即庙宇。当时丝路上的许多绿洲国家，都因为贸易活动蓬勃而一片繁荣景象。佛教亦是在这样的历史背景下，由胡商及僧侣传播到中国来，并在中国落地生根，逐步汉化的。

公元七至八世纪，阿拉伯帝国兴起，中亚逐渐伊斯兰化。公元九至十一世纪，突厥人西征，与拜占庭东罗马帝国战争不断。丝路贸易的畅通因战乱而大受影响。与此同时，中亚及欧洲各地开始养蚕缫丝，无须再利用丝路长途运丝，增加成本。丝路自此逐渐衰落；沿线的一些绿洲国家的景况亦大不如前了。

丝路的没落，还有一个环境生态的因素。中亚地区较为干旱，雨量不多，水源主要来自冰山（如天山、昆仑山、兴都库什山等）冰雪消融时的雪水，水量有限。这些雪水养活了中亚地区众多的绿洲国家。随着绿洲国家人口不断增长，农耕面积不断扩大，水源无以后继，生态逐渐失衡。此外，人口的增长亦导致了对木材的需求量的不断扩大。人们于是大量斩伐周边的树木，以供居室、燃料及墓葬之用。树木伐过之后又没有再育树苗的意识。植被的破坏，导致了水循环的变化以及地区的荒漠化、沙漠化。例如新疆的古楼兰城，今天是一片废墟。新疆文物考古研究所前所长王炳华先生曾在此进行了多年的田野发掘及研究。他认为楼兰在衰亡的过程中，生态环境的破坏起了重要的作用。考古研究的结果显示：今天这片不毛之地，自新石器晚期、青铜时期直至西汉前期，的确曾绿草萋萋，森林覆盖率达百分之四十。两千年前，那里曾是丝绸之路上一个贯通南北、聚汇东西的重要交通枢纽，是一个繁华的商城。当时，楼兰的居民也种植小麦、饲养牛羊。他们的日常用品多属胡杨木、兽角及草编类制品。楼兰曾是个河网遍布、生机盎然的绿洲。主持发掘孔雀河下游古墓沟"太阳墓葬"的王炳华先生认为：规模宏大的墓葬为楼兰的式微埋下了伏笔。围绕墓穴的是七层的圆木桩。已发现的七座墓葬中，用上的成材圆木达一万多根；数量之多，令他印象非常深刻。王先生认为，这反映了人类活动对本来就较脆弱的生态环境造成了重大的影响，最后导致生态的失衡。楼兰地处内陆，气候本来就较干燥。久而久之，原来芳草遍地的绿洲再也留不住一片绿色。在出土的汉文简牍中，可以了解到楼兰士兵口粮逐渐减少的情况，从侧面反映了环境恶化后的困顿。

不少学者曾从环境变迁的角度来探讨古文明衰落的原因。例如美国学者卡特和戴尔曾就人类历史上二十多个古代文明的兴衰进行过系统性的研究。他们又引用了大量的环境数据，说明生态环境的恶化其实是美索不达米亚两河流域古文明衰落的根本原因。他们认为：从上古到波斯帝国的数千年间，孕育巴比伦古文明的幼发拉底河及底格里斯河带来的大量泥沙不断堆积、淤塞河床和灌渠。与此同时，灌溉亦引起了土壤的盐渍化。这两个因素共同造成了这个文明发祥区的生态恶化，最终导致了古文明的衰微。

生态环境的变迁，当然不单是古代才有的问题。丝路上有些地方，随着人口的增长和地区经济的发展，近代亦因水资源不足而导致了生态环境的恶化。位于中亚细亚内陆的咸海严重萎缩便是一个典型的例子。阿姆河与锡尔河均源于帕米尔高原，流经中亚大地，然后汇入咸海，千百年来抚育了中亚文明。二十世纪五十年代，两河每年平均向咸海输入约五万五千立方米的水。由于引水灌溉棉田的关系，到了八十年代，两河注入咸海的水还不到五十年代的十分之一。咸海水位因而下降了十六米，影响了当地的生态环境。当地的气候变得更干燥，夏天更热，冬天更冷。沙尘暴天气每年多达六十五天。含有盐分的沙尘暴使大批民众患上了气管炎和食道癌。河流湖泊萎缩的结果是沙漠的蔓延；新疆的罗布泊是另一个例子。沙漠化令丝路更形衰落。许多过去的绿洲国家（如楼兰、尼雅等），如今都已被淹没于沙海之中了。

丝路的沧桑既说明了商道多变的客观事实，同时也指出了可持续发展的重要性。中国大西北要开发，也必须在人与自然之间取得适度的平衡，才能长期有效地持续发展。

古文明的衰落，当然还有个战争的重要因素。中亚和西亚均是文明的十字路口。历史长河中，不断有帝国的兴起和随之而来的连场征伐，以便扩张领土。这包括了古巴比伦和亚述、埃及、赫梯、波斯、希腊、罗马、阿拉伯、突厥、蒙古等，还有数不清的游牧民族集团，仿如走马灯一样在历史的舞台上相继登场、演出，然后谢幕。异族的血腥征服，也常常造成古文明的骤然中断，以致出现历史的断层。

中古意大利的蚕丝业

昔日丝路上的商旅

文艺中亚

中亚伊斯兰艺术

中亚伊斯兰艺术，主要表现在以下四个方面：

一、建筑艺术（清真寺建筑、陵墓建筑、经学院及经文图书馆建筑等）。

二、图案装饰和工艺美术（包括建筑物的瓷砖和琉璃镶嵌、地毯、织品、细密画等）。其中绿色和蓝色在宗教建筑的瓷砖图案装饰中较常见到。穆斯林认为绿色是生命的颜色，而蓝色则是天界的颜色，均属和平安祥之色。突厥人曾自称为"蓝突厥"，而伊斯兰教教旗及教徽均是以绿色为基调的。

三、文学艺术（包括抒情的、哲理的、叙事的大型诗歌作品和语言类作品）。

四、歌舞艺术（中亚歌舞艺术在伊斯兰艺术中独树一帜，格外鲜活，光彩夺目）。

伊斯兰艺术最重要的一条原则，就是对具象或偶像的回避和排斥。公元六三〇年，穆罕默德收复麦加后，亲自捣毁和清除克尔白神庙的偶像，改神庙为清真寺。自此以后，伊斯兰教对具象造型艺术有了一定的禁忌。这也限制了伊斯兰绘画艺术对生命形象创造的描绘。尽管如此，在一些伊斯兰国家中，特别是在波斯等有着悠久绘画传统的民族艺术中，还是留下了不少技巧高超、艺术精湛的人物和动物等造型艺术。在手抄本书籍插图中的细密画和器物、织品上的装饰图案，表现尤为特出。十六世纪后，细密画艺术在印度莫卧儿帝国大放异彩，名冠伊斯兰世界。

帖木儿王朝时代的编年史中曾提到撒马尔罕、赫拉特及伊斯法罕的王宫内的大型装饰画，包括了国王及其眷属的画像，以及宫廷盛宴、征战及狩猎的场面。后来，随着伊斯兰教义的进一步贯彻于非宗教艺术中，这些主题壁画也就随之消失了。

清真寺建筑

公元六三〇年，穆罕默德收复麦加，捣毁克尔白神庙的偶像，改为清真寺。《古兰经》称该寺为"世人创设的最古的清真寺，确是在麦加那所吉祥的天房，全世界的向导"。公元十五世纪，奥斯曼突厥人攻入君士坦丁堡后，将巨大的穹隆顶式建筑索菲亚教堂改为清真寺，确立了中央穹顶和四方形基座的一种清真寺建筑形式，并以蓝色瓷砖镶嵌，将其当作图案制饰的主色。公元十六世纪，波斯萨法维王朝兴建了大批气势磅礴、装饰华丽的清真寺，其圆形拱顶之美以及装饰之豪华，令人叹为观止。与此同时，印度莫卧儿帝国以印度传统建筑艺术与波斯建筑艺术相结合，进一步发展伊斯兰建筑艺术。其陵墓建筑艺术十分高超，多用尖顶拱门、法塔、圆顶穹窿等建筑风格。建材多取诸当地之红砂岩及大理石，使得建筑外观色彩明亮，典雅华贵。沙贾汗时期在阿格拉城外建造的泰姬陵，是莫卧儿艺术的巅峰之作。由此奠定了清真寺和伊斯兰陵墓建筑的基本艺术形式。

中亚的清真寺建筑也有沿用旧有的佛教、摩尼教建筑，经过改造后使用的。新建的清真寺和陵墓，则完全按照阿

撒马尔罕的清真寺

拉伯及中亚伊斯兰建筑风格和艺术形式兴建。

　　典型的清真寺建筑，是由主体大殿（礼拜堂）、邦克楼（即唤经楼，亦称宣礼楼）、凹壁、讲坛、门楼庭院和阿訇生活区组成的建筑群。给人印象最深的是高大的门槛和塔柱。塔顶建穹隆式圆亭，亭上立一新月。大殿开阔，其方位面向西方的麦加。殿内有凹壁（即圣龛），左侧设讲台，供阿訇登坛讲经之用。整个清真寺常以花瓷砖及琉璃砖镶饰，显得富丽堂皇，光彩夺目。

伊斯兰装饰艺术

伊斯兰建筑的装饰艺术举世驰名。清真寺、经学院以及"圣人"、"伟人"陵墓等一般均用精美的瓷砖装饰，令人印象深刻。

中亚伊斯兰装饰，以几何图形、植物纹样和文字书法为基本主题；注重重复、整齐和规则的排列、对称、均衡、交错、循环、连续、节奏及复杂繁缛的表现形式。

几何图案以方形、菱形、圆形及三角形等为基本纹样。由此交叉、组合、变异、繁衍出各种类型的几何纹饰。如以三角形为基础可构成五角星形、六角星形、十二角星形。方形可构成八角形及十六角形。以正方形、十字形、万字形等多种几何图形为基础，加以组合、套叠、排列、交叉，千变万化，层出不穷，可以衍生出形形色色的几何纹和扭曲状编结纹。这是伊斯兰装饰艺术的一大特色。

其次是植物纹样。阿拉伯纹饰以枣椰树叶纹、圣树纹、葡萄纹等为常见纹样，象征生生不息。中亚装饰中的植物纹样，又添了当地的石榴、无花果、波斯菊、玫瑰、月季、桃花、杏花、棉花、麦穗、西瓜、甜瓜等。整个图案布局精巧，富于变化，使每种花卉果木都充满生命的韵律及美感。

　　伊斯兰的书法艺术主要为各种字体的阿拉伯书法，以曲线变化为特征，流动飘逸，在建筑物、工艺品和日常生活中被广泛使用。特别是清真寺、陵墓建筑和民居中，都可以看到书法装饰纹样。由于是取自《古兰经》中的语录，或是对安拉和先知穆罕默德的颂词，因此书法纹饰就受到格外的重视。

伊斯兰装饰艺术中的几何图案

伊斯兰建筑

中古波斯——诗歌的国度

二○○八年曾和友侪走访伊朗，印象最深刻的不是古都波斯波利斯废墟上那气度恢宏、雕工绝美的万国来朝浮雕，也不是铺满釉砖的大清真寺，而是那些纪念中古波斯诗人的典雅陵园。

在欧洲，你不难找到荷马、歌德、普希金或叶芝的半身塑像。在古老的东方，你也可以找到屈原或泰戈尔的立像或纪念馆，但像波斯人这样热爱自己的诗人和诗歌的，寰宇间倒真的少见。难怪歌德曾称赞波斯为"诗国"和"诗人之邦"，并写下了如下的赞诗：

> 谁要真正了解诗歌，应当去诗国里徜徉；
> 谁要真正理解诗人，应当前去诗人之邦。

中古波斯杰出的诗人很多，包括以叙事诗集《果园》和诗文相间的故事集《蔷薇园》流传后世的萨迪，以及抒情诗巨擘哈菲兹。他们均出生于古城设拉子，陵园也在设拉子。每天前来景仰诗人和诵诗的人甚多。史诗《列王纪》的作者菲尔多西，以及因哲理诗篇《鲁拜集》而广为人知的欧玛尔·海亚姆，他们的陵园则在圣城马什哈德。

"波斯诗歌之父"鲁达基（？八五〇至九四一年）塑像

　　中古波斯的诗歌，除了抒情诗外，还附有不少劝勉穆斯林恭敬真主、行善积德的劝善诗和道德箴言。这和中国佛教禅宗的诗偈或禅诗颇有相通之处。例如哈菲兹的一首抒情诗："心灵啊，长年在追求能展示真理的神杯；殊不知，欲求之物正是自家之宝；闪光的珍珠隐藏在宇宙的蚌壳中；岂能期待海边迷途者的慷慨施惠？"以此说明求真理要靠长期的内心省悟，不能依赖他人的施惠。这和禅宗的自性本来清净，要求自我证悟何其相似！今日的伊朗人，除了欣赏诗中优美的文学意境外，还可以从中吸取不少人生智慧。这也正是他们景仰诗人的因由。

民族史诗 《列王纪》

　　波斯文学有"四大支柱"或"四大诗人"之说，分别是菲尔多西（九四〇至一〇二〇年）、莫拉维（一二〇七 至一二七三年）、萨迪（一二〇八至一二九一年）和哈菲兹（一三二〇 至一三八九年）。

　　菲尔多西出生于中古波斯文化中心的图斯城。波斯人自古就有创作史诗和叙事诗的传统。尽管菲尔多西熟谙阿拉伯语，他却呕心沥血三十余年，用波斯语写下了长达十万余行的近韵体民族史诗《王书》，又称《列王纪》。这部史诗几乎囊括了古波斯和伊斯兰初期民间流行的神话、传说和历史故事。从开天辟地、文明之初写起，直至萨珊王朝的覆灭，上下四千余年，经历了五十位国君的统治，内容大致分三个部分：

　　一、神话传说（公元前三二二三至前七八二年），万余行诗，记述伊朗雅利安人的起源、古波斯文明的萌芽、火的发现、农耕的开始、衣食的制作和文字的使用等。

　　二、英雄传奇（公元前七八二至前五〇年），六万余行诗，是史诗的核心部分。作者通过对传说中古波

菲尔多西塑像（德黑兰菲尔多西广场）

斯与邻国之间战争的详尽描述，成功地塑造了一些开拓疆土、抗击异族入侵的英雄君王形象。

　　三、历史故事（公元前五〇至公元六五一年），三万余行诗，主要描述萨珊王朝诸帝王的内政外交和国家的兴衰荣辱。

　　在编撰《列王纪》的过程中，作者还使用了很多祆教（或称拜火教）的神话、传说和历史资料。因此，史诗带有较浓厚的祆教色彩。作者也曾被一些穆斯林贬为异教徒。当他把书奉献给当时的突厥族统治者时，非但没有得到赞许和奖赏，反而遭到迫害，不得不四处流浪。

　　应该指出，《列王纪》内所提及的一些王朝，与史实并不完全相符。因此，它一般被看成是文学作品，而不是历史著作。

《鲁拜集》

　　"鲁拜"一词，是从波斯文音译而来，是"四行诗"的意思，故《鲁拜集》即是"四行诗集"。每首诗中的第一、二、四行必须押韵。第三行大体不押韵。因此，这种诗的格式和中国的五言绝句或七言绝句较为相近。鲁拜体诗约产生于九世纪末十世纪初的波斯，据传鲁达基为其创始人，起初多在酒宴和聚会上配乐吟唱，类似于歌曲。诗人用这种诗体或抒情咏怀，或阐述人生哲理，或宣扬伊斯兰教义。

　　波斯著名鲁拜诗人为数颇多，最广为人知的当推欧玛尔·海亚姆（台湾译为奥玛·开俨，亦有人译为奥玛·珈音；一〇四八年出生于波斯东北部的纳霞堡，一一二二年辞世）。他本人其实是波斯当时著名的天文学家和数学家。他留下的著作中，除了七百五十首鲁拜外，还有《代数学》、《辨明欧几里得几何公理中的难点》、《天文书》、《论印度平方方根求法》等书。二十四岁时，曾被波斯国王任命为天官。无疑地，他主要的事业是天文和数学。然而，世人知道他的名字，是因为毕业于英国剑桥大学的爱德华·费兹杰罗（一八〇九至一八八三年）曾把他的诗作选译成英文的《鲁拜集》，并且成为英国文学史上一本重要的著作。费氏曾先后出版过四个衍译本：第一版七十五首，第二版一百一十首，第三及第四版均为一百零一首。

《鲁拜集》作者欧玛尔·海亚姆肖像

　　《鲁拜集》的中译，始于胡适。他于一九一九年从英译本中选译了两首。这以后，郭沫若、吴剑岚、孙毓棠、黄克孙、孟祥森和陈次云等人均出版过衍译本。

　　黄克孙在衍译《鲁拜集》时，感受到诗人那份"淡漠的悲哀"，也让他联想到孔子的"逝者如斯"，庄子的"生也有涯"和李白的"浮生若梦，为欢几何"。

黄克孙译 《鲁拜集》

芸芸《鲁拜集》中译本中，令我印象最深刻的是黄克孙以七言绝句衍译的版本，于一九五六年由台湾启明书局出版。其中有不少传诵一时的佳句，例如：

> 眼看乾坤一局棋，满枰黑白子离离，
> 铿然一子成何劫，唯有苍苍妙手知。
>
> 不问清瓢与浊瓢，不分寒食与花朝，
> 酒泉岁月涓涓尽，枫树生涯叶叶飘。

黄克孙当时是美国麻省理工学院物理系的一位博士研究生，风华正茂，文采斐然。毕业后，他在普林斯顿大学高等研究所工作了四年，然后回到麻省理工学院，长期从事理论物理的研究和教学，著作等身，直到一九九九年才退休。他于一九二八年出生于广西南宁，在菲律宾的马尼拉长大。黄译《鲁拜集》也曾于一九八六年由台湾书林重印再版。

作为一个资深的物理学家，黄克孙对精通天文和数学的欧玛尔·海亚姆的诗作亦有较独特的体会："研究科学者也是人，也经历体味到人事的复杂、命运的渺茫和人生的脆弱。"他最高的逻辑告诉他，不管他剥去了多少层宇宙的秘密，不管他能多精密地计算天体的运动、物体的性质，他永远不能了解自己，永远不能了解人生最关键的问题：人生的目的是什么？死究竟是怎样一回事？这些问题需要能满足心灵的答案，主观的答案。这是客观科学不可能供给的："人的死生问题是一扇永远打不开的门。"

很佩服许多老一辈的中国科学家那文理兼通的学养才情。黄克孙是其中的佼佼者。同样出身于麻省理工学院的顾毓琇先生（一九〇二至二〇〇二年），又是另一个典范。他是电机工程界的翘楚，清华大学工学院的创院院长，同时又是桂冠诗人、佛学家；在文学、戏剧、音乐和中国传统文化方面均极有成就。

"鲁米热" 的异数

　　近年美国政府与西亚的一些伊斯兰国家之间的关系不算融洽。阿富汗和伊拉克的战争不用说了，跟伊朗的关系也是剑拔弩张。可伊朗一位中古诗人的抒情诗集《夏姆士集》却在美国广受欢迎，销量达到五十万册，打入了全国畅销书榜 Billboard 前二十名内。美国的读者甚至组织了书友会和沙龙来朗诵他的诗歌。参加朗诵的包括了麦当娜及黛米·摩尔这些红星。

莫拉维（鲁米）肖像

81

这位成为美国最受欢迎的"心灵诗人"的中古波斯作家名字叫莫拉维（一二〇七至一二七三年），本身是伊斯兰教的一位教长（毛拉）。又因为他的一生主要在科尼亚（史称鲁姆，在今土耳其境内）度过，因此，被称为"鲁姆的毛拉"，简称"鲁米"。

莫拉维最重要的著作是《玛斯纳维》诗集，是他晚年呕心沥血十余载，精心创作的六卷叙事诗。他将教义、教理，融入自己的所见所闻，乃至神话故事、历史故事、民间传说，以当时受欢迎的诗歌形式，朗诵或演唱出来，在故事中寓有哲理，以达到教化之目的。他避开了枯燥无味的说教，改而用生动的生活故事和比喻来感染读者，因而广受读者欢迎。"鲁米热"经历了七百余年而不衰，至今仍有魅力。

有不少伊朗的穆斯林，称《玛斯纳维》为"波斯文的《古兰经》"，因为它其实引用了大量的经文和圣训。诗集内引用的经文不下一千一百条，圣训足有六百六十九则；全部围绕着伊斯兰教六大基本信仰（信安拉、信先知、信天使、信经典、信后世和信前定）和五大拜功（念、礼、斋、课、朝）来解说，可谓旗帜鲜明，毫不含糊。

穆斯林的劝善诗

亚当子孙皆兄弟　　兄弟犹如手足亲
造物之初本一体　　一肢罹病染全身
为人不恤他人苦　　不配世上枉为人

这是中古波斯一代文学大师萨迪（一二〇八至一二九一年）名著《蔷薇园》里的一首诗。《蔷薇园》是诗文相间的故事集，主旨是劝善惩恶。字里行间有不少道德箴言，后来成了穆斯林道德修养的必读教本。早在明清之际，《蔷薇园》就已经成为中国穆斯林经堂教育的课本，译名《真境花园》。

萨迪还有一本叙事诗集《果园》传世，着重表现诗人心目中的理想国，是对善良、纯洁、公义等美德的礼赞。《果园》由一百六十个小故事组成，透过讲故事达到醒世育人之目的，提倡善行、友爱、谦虚、知足常乐、感恩、悔过与正道，与佛教和基督教的教义都有不少共通之处。萨迪善于将生动有趣的小故事与道德说教结合起来，非常生活化，使读者在不觉枯燥乏味的氛围中，欣然接受劝善惩恶的教诲。

萨迪生于波斯古都波斯波利斯附近的设拉子，青年时代刻苦钻研文学和伊斯兰神学，由于蒙古大军的入侵和战乱，萨迪的前半生几乎都是在颠沛流离中度过的。在长期的漂泊生涯中，他曾到过中东、北非、印度、阿富汗和中国的新疆等地。中年后返回故里设拉子，埋头写作，把自己在生活中感悟出来的人生哲理和处世原则，以诗篇和故事的形式记录下来。文字间洋溢着仁爱慈善的精神，重视道德情操和心灵之美：

> 人之高贵在于他的心灵，
> 服饰华丽不是人的特征。
> 假如只有嘴巴、耳鼻和眼睛，
> 那人和画像又有什么分别？
> 要做一个名副其实的人，
> 让人性之美照耀天上人间……

德黑兰国家公园的萨迪铜像

萨迪在设拉子的陵园

抒情诗人哈菲兹

　　中古波斯抒情诗人哈菲兹原名沙姆斯丁·穆罕默德，出生及成长于蒙古人入侵的那段兵荒马乱、动荡不安的岁月。他幼年丧父，生活贫困，在艰苦的条件下攻读文学及伊斯兰神学。由于天资聪颖，二十出头便成为颇有名气的青年诗人。又因为他记忆力特别好，能熟背《古兰经》，人们便送他"哈菲兹"的雅号，意为"能背诵《古兰经》的人"。他同时亦是伊斯兰教内苏菲派的一位学者。苏菲派重视灵魂的净化，并追求忘我、寂灭、与真主合一而获得真知。其信仰、仪式及衣着均有别于一般的穆斯林，因此亦被称为神秘主义派。

　　晚年的哈菲兹穷愁潦倒，成了靠乞讨度日的托钵僧，最后在贫病交加中了却一生。他的生前好友古兰丹姆为他编辑了《哈菲兹诗集》，搜集了五百余首、约八千多行的诗作。诗集以抒情诗为主，既有对自由、理想的追求，又有对黑暗现实的有力针砭；既有对人间爱情和现世幸福的纵情歌唱，又有对清规戒律的轻蔑和鞭挞；既有劝人行善的道德训谕，又有对伪善的教士的冷嘲热讽；既有对人生哲理的阐述，又有苏菲派神秘主义的说教。古兰丹姆在《哈菲

哈菲兹在设拉子的陵园

哈菲兹的石棺

87

兹诗集》序言中提到："苏菲派歌颂真主时，听不到哈菲兹那激动人心的诗，就唤不起狂热的感情。酒徒欢聚时，不吟咏他那情意缠绵的诗句，就感到意犹未尽。"事实上，哈菲兹对酒也情有独钟，创作了大量脍炙人口的颂酒诗。他的名句，例如"在酒海中荡起一叶扁舟"，"劝君莫介意，恕我喝得烂醉如泥，可知否：内心几多哀愁?"，与中国诗仙李白的"将进酒"和"举杯消愁愁更愁"，实有异曲同工之妙。

帖木儿时代的诗人贾米

公元九世纪中叶至十五世纪末，是波斯文学的黄金时代。这个黄金时代晚期最著名的一位诗人是贾米（一四一四至一四九二年）。

贾米祖籍伊斯法罕，生于贾姆，卒于赫拉特（今阿富汗境内）。青少年时代曾在赫拉特、撒马尔罕等地求学。赫拉特当时是帖木儿帝国的首都。贾米在伊斯兰神学、文学和历史等方面造诣颇深。他为人朴实、谦虚，勤奋好学，诲人不倦。他同时亦是伊斯兰教苏菲派的一位长老。

贾米留下了大量的诗歌（包括抒情诗、叙事诗、劝善诗、颂诗等）和散文佳作传世。他的诗作通俗流畅，感情充沛，词意隽永，富于哲理。以下一首含有苏菲派神秘色彩、表达自己一心迷恋真主的抒情诗就是好例子：

> 极度渴望相会，但却未能见到你……
> 吻我吧！今生今世我全托付于你……
> 看那林中松柏，正是你绰约风姿，
> 皎月光华泻地，显示你美貌无比，
> 收回神驰的心儿，贾米倾诉衷肠：
> 此时此刻我深坠情网，再难自拔。

　　贾米的代表作，是叙事诗集《七宝座》，包括《蕾莉与马杰农》、《亚历山大的智慧》、《黄金锁链》、《虔信者的念珠》、《萨拉曼与埃布萨尔》和《尤素福与佐莱哈》六卷故事诗。其中《尤素福与佐莱哈》的故事取材自《古兰经》，歌颂忠贞不渝的爱情，感动了真主。有情人在饱尝了爱情的苦果及折磨后，得到了真主的恩惠而终成眷属。

　　贾米的著作不仅在波斯广为流传，更影响到中国、印度、阿富汗及土耳其等地。他的两本宗教哲学论著的汉译本——《真境昭微》及《昭元秘诀》，均被中国伊斯兰教列为经堂教育读本。

中亚诗人纳沃依

　　纳沃依（一四四一至一五〇一年），出生于帖木儿帝国治下的赫拉特一个贵族之家，从小受到良好的教育。他天资聪慧，相传他五岁时已学习波斯文；七岁就能背诵中古波诗人菲尔多西、内扎米、萨迪、哈菲兹等人的作品；十五岁就能用波斯文和察合台突厥文写作。他是中亚地区最早运用察合台突厥文进行创作的诗人，因此今天被尊为乌兹别克文学之父。

　　纳沃依少年时代与帖木儿帝国的王子同窗。王子登基后，纳沃依被任命为大臣。当官十八年后被诬陷并流放异乡；其后归隐于家，潜心写作，辛勤耕耘，写了大量的诗歌，并有哲学著作《心之所爱》、语言学著作《两种语言的诉讼》以及有关中古波斯诗人贾米的《回忆录》等传世。

　　纳沃依的诗歌可以分成两大类：一类是抒情诗，以波斯传统抒情诗体写成。代表作有诗集《思想的宝库》，包括《童年的异事》、《青年的珍品》、《中年的异事》和《老年的训言》四部曲，共有两千五百首之多。这些诗作除了抒情外，亦有思想内涵，抑恶扬善，批评时弊。另一类是叙事诗，以用察合台突厥文写成的叙事长诗《五诗集》最为著名。全诗共五万三千行，分五个部分。第一部分《正直者的不安》有明显的训诫劝善作用。第二部分《蕾莉和马杰农》是伊斯兰世界的"梁祝"故事。第三部分《法尔哈德和西琳》记叙了中国新疆库车地区的一位王子的爱情故事。第四部分《七星图》鞭挞了一位昏庸的五世纪波斯国王。第五部分则歌颂了亚历山大的美德。中亚文学受中古波斯的影响，于此可见一斑。

伊斯兰世界的 "梁祝"

梁山伯与祝英台的爱情故事，在中国家喻户晓，传诵千古。在伊斯兰世界，也有一个《蕾莉和马杰农》的爱情悲剧，情节与"梁祝"很相似：共同求学产生爱情，因族人的阻挠不得婚嫁，双双含恨殉情。很多作家都写过这一故事，其中最动人的演绎，则是中古波斯诗人内扎米的同名叙事长诗，日后更成了伊斯兰文学的一个典范。

一位阿拉伯某部族的年轻人凯伊斯和另一个部族的姑娘蕾莉在一起读书时一见倾心，互相爱慕。内扎米以生动的笔触，描写了蕾莉的美丽："淘气的小姑娘，她的睫毛一扬，就会穿透你的心，使你马仰人翻。"两人相爱的流言蜚语不久传回了蕾莉的部族中，她被迫退学了。凯伊斯自此终日长吁短叹，像疯子一样喃喃自语。人们于是称他为"马杰农"，意即"疯了的，为爱情所苦的人"。他的父亲曾为儿子向蕾莉的父亲提亲，唯被峻拒。两个部族为此还动了刀兵。蕾莉的父亲随后迫女儿嫁给一位富家子萨拉姆。蕾莉却坚贞不屈，最后抑郁而终。在荒野中流浪的马杰农得知心上人玉陨香消的噩耗后，跌跌撞撞地来到蕾莉的新坟前痛哭。他"流下的泪水和沙土混在一起，火烫的太阳穴向着石头碰击"。马杰农守护在坟前，直至病殁。人们把两人合葬；坟墓后来成了无数情侣朝拜的圣地。

内扎米（一一四一至一二〇九年）原名阿里阿斯。内扎米是笔名，意即"把珍珠穿在一起"或"有韵律的语调"；出生于阿塞拜疆，以叙事诗著称于世。除内扎米外，曾以《蕾莉和马杰农》为叙事诗题材的波斯语诗人尚有三十四人，突厥语诗人也有十三人，令这个感人的爱情故事在伊斯兰世界广为传颂。

乌兹别克的传统歌舞

今日的乌兹别克人和新疆南疆的维吾尔人，在语言文字、宗教、生活习俗和文化艺术方面均有相近之处。乌兹别克语及维吾尔语均属维吾尔—察合台突厥语族，十分接近。

乌兹别克族是个能歌善舞的民族。音乐主要由歌曲、乐曲、说唱音乐及歌舞音乐组成。民歌有三种形式：有篇幅较长、内容庞杂的"叙诵性民歌"；有篇幅较短、节奏轻快活泼，以表现男女爱情为主的"歌舞性民歌"；还有表现生活习俗如《摇篮曲》、《对嫁歌》之类的"习俗性民歌"。乌兹别克人使用的乐器与维吾尔族乐器大同小异，如都塔尔、弹拔尔、热瓦甫、艾捷克、巴拉曼、手鼓等，只是在形制上有些变化。用乐器伴奏、说唱民间故事和叙事长诗，在乌兹别克民间颇盛行，代表作为《再甫汗》。介于说唱和歌舞之间的"埃提西希"，是乌兹别克民间常见的一种表现形式，往往由二至六人在乐器伴奏下边演边唱，内容多为表现男女之间的爱情。维吾尔族的《十二木卡姆》，也是乌兹别克音乐中不可缺少的内容。

乌兹别克舞蹈形式多样，多姿多彩。舞蹈以轻快优美、

旋转如风、"抖手"、"转手"、"弹指"、"晃手"以及系铃作响
为其鲜明特色。舞姿律动保留着粟特时代的遗风。舞蹈形式
有单人舞、双人舞，也有被称为"来派尔"、"乌帕尔"的集
体舞蹈，最著名的是"手鼓舞"。在传统舞蹈"木那加提"
中，手腕和肩部系铃，舞蹈时左旋右转，铃铛发出清脆悦耳
的声音，极具艺术魅力，并由此衍生出各种"铃铛舞"。

乌兹别克妇女跳舞

乌兹别克传统歌舞

小亚细亚风情

古印欧人

距今约一万年前，漫长的第四纪冰河期进入了结束阶段。覆盖着北半球许多地区厚达数千米的冰层终于开始融化。又过了四千年左右，除了高寒山区外，北半球的冰川终于消退到北极圈以北的地区，广袤的欧亚大平原终于被青草连成了一片。在严寒下苦熬了十万年的人类始祖们，沐浴在温暖的阳光下，开始遥望地平线尽头的文明曙光。

在今天乌克兰东部和俄罗斯南部，在高加索山脉以北，东到亚速海，西至里海之间，有一片大草原，一般称为南俄大草原。约六千年前，这片土地上生活着现代西方人的祖先——古印欧人。他们是逐水草而居的游牧民族。古印欧人是人类历史早期最了不起的游牧民族，因为他们发明了轮式车和驯化了马。在近代发掘的众多古印欧人的遗址中，发现了大量的车轮，车轮的中心都打了连接车轴的孔。当时的车辆，已经是四轮双车轴的设计了，既轻便复精巧。当时的草原上活跃着一种奔跑迅速、性情较温顺的欧洲野马。在乌克兰第聂伯河西岸约六千年前的德累夫卡遗址中，考古学家发现了具有明显戴马嚼子痕迹的家马。这说明至少在六千年前，古印欧人已成功驯化了欧洲野马。

101

　　有了马和车辆后，古印欧人的游牧及迁徙能力大大提高了。他们约于五千年前翻越了高加索山脉，进入安纳托利亚半岛（亦称小亚细亚半岛），并在此缔造了古印欧人最早的文明——古安纳托利亚文明（亦称赫梯文明）。这以后，不同的古印欧人游牧部落相继西迁入欧洲，衍化成为斯拉夫、希腊、意大利、日耳曼、凯尔特等民族的祖先。部分则东迁，分别成为伊朗、亚美尼亚、印度—雅利安及吐火罗诸民族的先民。

走进青铜时代

　　距今约六千年前，古印欧人的一支从南俄大草原越过高加索山脉，进入安纳托利亚半岛（今土耳其国境）。这支印欧人被称为古赫梯人（或哈梯人）。当时的安纳托利亚丘陵区有颇丰富的铜矿和锡矿资源。古赫梯人发明了降低铜的熔点温度的铜锡合金冶炼术（即青铜术），由是揭开了青铜时代的帷幕。绝大多数的历史学者均认为赫梯人是青铜冶金术的发明者。人类最早的冶金技术发现于约六千五百年前高加索以北的黑海塔曼半岛的古印欧人遗址中。这种崭新的游牧青铜文明迥异于当时在两河流域盛极一时的苏美尔—阿卡德城邦文明。后者以规模宏大的砖制建筑、城市、种植农业而闻名，而赫梯文明则以其精良的青铜和铁质武器和战车而著称。赫梯人的冶金技术长时间处于当时世界的领先地位。约三千五百年前，赫梯人已开始大规模地使用铁器。其后闪族系统的亚述人在征服了赫梯人后，随即吸收了赫梯的铁器技术，成为当时最著名的铁器技术王国。亚述人依靠着他们从赫梯人手里继承下来的铁器技术优势，一度横扫整个近东地区。

古赫梯人的都城哈图萨斯（Hattusas）遗址素描图

距今三千七百多年前，小亚细亚的各个赫梯部落联盟开始结合成统一的国家，并开始了大规模的征略扩张。赫梯人擅长战车的设计及改良；他们成功地改良了古埃及人的战车，将八轮辐的轮子精简成四轮辐或六轮辐的设计，使战车更为轻便。这样一来，战马就可以拉动更多的作战人员。赫梯战车上的基本配置是装乘三名作战人员；而古埃及战车只能装两人，战斗力自然不如赫梯人。赫梯人依仗这个战车优势，一度垄断了近东的贸易通道和自然资源，建立了一个强大的王国。

古赫梯人浮雕上的战车（伊斯坦布尔考古博物馆）

哈图萨斯遗址出土的浮雕

赫梯帝国的兴亡

古印欧人的一支于距今三千七百年前在安纳托利亚建立了赫梯帝国，维持了约五个世纪。全盛时期，版图曾东延至两河流域的巴比伦，南至叙利亚及埃及部分领土。

公元前十三世纪末期，赫梯和古埃及之间爆发了规模空前的卡迭什（在今叙利亚境内）战役。双方共动用了五千辆战车。如果将当时的战车模拟于二战的坦克，其战车会战的规模甚至超过二战坦克会战最高峰的库尔斯克会战。两大强国相持不下，最后以和亲（赫梯公主许配埃及王子）并缔结和约解决。

赫梯人采用了亚述帝国的苏美尔楔形文字，成为第一支有文字记录的古印欧人，并以此编制了《赫梯法典》，包括王位继承、土地买卖、审裁赏罚制度等法规。

距今三千二百年前，赫梯遭受"海民"族群的侵袭，其王国被肢解，只余下一些城邦王国，至两千八百年前为亚述吞并。赫梯人创造的安纳托利亚文明亦从此湮没。

有历史学者认为：上述入侵赫梯的"海民"族群，可能就是当时席卷塞浦路斯及地中海沿岸的"海民"族群，亦即《圣经》中所记载的"非利士"人，以及地中海北岸的一些水上游牧部族。

卡迭什战役后，赫梯与埃及以楔形文字写成的
和约（伊斯坦布尔考古博物馆）

赫梯帝国垮台后，安纳托利亚最主要的王国为中部地区的弗里吉亚王国，其余包括东部地区的乌拉尔图王国、亚美尼亚王国，以及爱琴海东岸的吕底亚王国和特洛伊王国等。传说中的"木马屠城记"故事，就发生在特洛伊。吕底亚是历史上首个铸造金银币的王国。弗里吉亚王国则以精美的青铜工艺、别致的管乐及护耳绒帽而名传后世。

欧亚文明的十字路口

　　自远古以来，小亚细亚便是个欧亚文明的十字路口，同时也是个不折不扣的历史舞台。最早登上这个舞台的大老倌是公元前三千年的赫梯人；继而陆续登场的有公元前八世纪的亚述人、公元前五四七年的波斯人、公元前三三〇年的亚历山大和他的希腊—马其顿军团、公元前一世纪的罗马人、公元三三〇年的拜占庭帝国、公元一〇七七年的塞尔柱突厥帝国、公元十三世纪的蒙古西征大军、公元一二九九年的奥斯曼帝国，以及公元一九二三年成立的土耳其共和国。历史长河中，还有许许多多的族群从不同的方向进入过安纳托利亚，留下过他们的印记。在今日的土耳其国土上，仍然可以见到上述欧亚古代文明的历史沉淀和累积。其中以拜占庭及奥斯曼最为显著。拜占庭帝国历时千年，而突厥人进入安纳托利亚亦已有近千年的历史。

　　突厥人在历史上最早出现于贝加尔湖以南、蒙古大漠以北一带，是乌拉尔—阿尔泰语族的一个分支。有些历史学者及民族学者认为突厥部族可能是匈奴游牧民族集团的一部分。唐灭东突厥后，突厥人逐渐向西迁移，进入中国新疆、中亚及西亚，与当地土著民族融合，其后接受了伊斯兰教。

公元十一世纪中叶，突厥人的乌古思和土库曼等部族开始
进入安纳托利亚，与拜占庭帝国发生了正面的冲突，直接
威胁君士坦丁堡。

瓷碟上的突厥军人像

被突厥人征服的地方，其后逐渐改用了突厥语言文字。
因此，今天讲突厥语的地区从中国的新疆经中亚细亚一直
延伸至土耳其，既包括了亚洲人种和欧洲人种，也有不少
欧亚混血的族群。

君士坦丁堡

公元前二世纪，罗马人建成了横跨欧、亚、非的大帝国，把安纳托利亚列入版图，成为"亚洲省"，省会设于以弗所。公元三二四年，君士坦丁经过长期艰苦的内战后，战胜了与他争夺罗马帝国统治权的各个政敌，成为皇帝。为了加强对罗马帝国东部的控制，同时充分利用西亚、埃及等东部各行省的人力和财力资源，他决定放弃罗马旧城，到帝国的东方建立新的都城。经过一番考察后，他最后选定了欧亚大陆交界处、爱琴海与黑海之间的拜占庭古城作为罗马帝国的新都城。他告诉下属，是神的启示，让他做出了这样的选择。他说，一日，当他夜宿拜占庭时，梦见拜占庭的保护神，一位年老体衰的老婆婆，在一夜之间变成了美丽的少女。他醒后于是决定在拜占庭建设"新罗马"，并以自己的名字命名，称为君士坦丁堡。

拜占庭这座古城始建于公元前六五七年，原来是希腊人所建的一个殖民城邦。君士坦丁其后不惜倾其帝国的所有财富来装点这个新都城，令其比罗马更加辉煌壮丽。此后，君士坦丁还促使罗马帝国通过一系列的法案和政策以提高君士坦丁堡的地位，使之迅速成为地中海世界的第一大城市。他亲自批准罗马贵族免费迁入新都城的豪宅。君士坦丁元老院也获得与罗马元老院同等的法律地位。这一系列的措施使得新都城得到了迅速的发展，城市人口急剧增长。到六世纪前人口估计已达五十万至一百万人；而直到十三、十四世纪，欧洲最富有的威尼斯也仅有二十万人而已。君士坦丁堡成了拜占庭帝国的千年国都和文明中心；直至十三世纪末，奥斯曼帝国兴起后，才易名为"伊斯坦布尔"。

基督教的兴起

公元四世纪初，罗马帝国的君士坦丁皇帝在争夺最高权力的过程中，逐渐信奉并皈依了基督教。这在欧洲史和基督教的历史上是个重要的转折点。

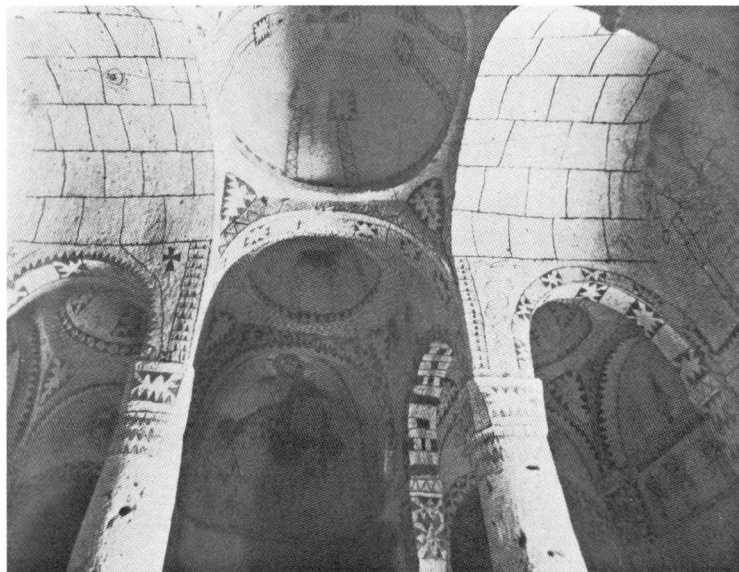

安纳托利亚东部的早期教堂，建于山洞之内

公元二、三世纪，基督教开始蓬勃发展，尤其是在罗马帝国的东部和非洲地区。教会的组织机制已初步形成，建立了以城市为单位的教会网络，由城市的教会领袖担任主

113

教，各行省省会的教会领袖则成为大主教。罗马帝国对宗教信仰的政策还是比较宽容的，但不少地方官吏和部分民众则对基督教采取敌视和打压的态度，原因是当时在罗马帝国占统治地位的是古罗马的多神教。当时有不少罗马人相信：所有的神都必须得到祭祀，才不至于降祸人间；而基督教则只崇拜上帝（或天主），并不祭祀其他神。因此一旦祸事降临，有人自然归咎于基督教。不过，这些打击不仅未能阻止基督教的发展，而且更激励了信徒对传播信仰的决心。

早期基督教堂内的壁画

君士坦丁作为罗马帝国第一位基督教国君信徒，极力推动并主导了整个帝国的基督教化进程。新建的国都君士坦丁堡是个基督教的城市，教堂取代了古老多神教的神庙。除此以外，他还在帝国境内各处修建了许多教堂，包括罗马的圣彼得大教堂。公元四世纪末，罗马皇帝取消了多神教祭司的特权，包括国家提供的经济补贴，颁布了一系列限制多神教崇拜的敕令。最后，在公元三九二年下令禁止帝国境内的一切多神教崇拜，基督教取得了完全的胜利。

东西方之间的一道金桥

自公元四世纪建都以后，君士坦丁堡一直是拜占庭帝国（史家称"东罗马帝国"）最繁荣的工商业中心，手工业尤其是奢侈品的制造业更是天下无双。它处于东西南北多条商路的交汇点，扼守东西交通陆桥和南北航道要冲。从五世纪到十五世纪，君士坦丁堡一直是世界上最大的商业和船运中心。马克思曾称君士坦丁堡为"东西方之间的一道金桥"。

在十五世纪末新航道开辟之前，当时的世界贸易主要是指亚、欧、非三大洲特别是亚、欧两大洲的商品交易。当时的东西方商道主要有两条。一是著名的"丝绸之路"，始自中国的长安（今西安），经河西走廊、塔里木盆地、帕米尔高原和中亚地区到达里海东南岸，在此分为两支：一支到地中海东岸的安条克，另一支由黑海沿岸到达君士坦丁堡。二是著名的海上商道"香料之路"，从中国东南沿海港口出发，经马六甲海峡，孟加拉国湾抵达阿拉伯海，在此分为两支：一支从波斯湾沿幼发拉底河到安条克，另一支则沿红海向北进入地中海。

这两条重要的商道给拜占庭帝国带来了巨大的财富。

君士坦丁堡（今伊斯坦布尔）圣索菲亚大教堂内的壁画

帝国不仅可以收取稳定的关税，而且成为东西方商品的集散地和交汇处。君士坦丁堡因而成为中世纪最繁荣的工商业中心和贸易中心。中国的丝绸，印度和东南亚的棉织品、香料，南亚的胡椒，锡兰（今斯里兰卡）的宝石，拜占庭的麻布、毛呢、丝织品、玻璃制品，埃及和腓尼基的纸草，俄罗斯的毛皮、蜂蜡，意大利的皮革、酒，叙利亚的织物……都可以在君士坦丁堡买到。拜占庭商人以此为中转站，充当东西方贸易的中间人，得到了丰厚的利润。六世纪中叶，拜占庭又获得了东方的蚕卵和桑树苗，成为西方丝织业大国，垄断了地中海世界的丝绸贸易。

拜占庭的文化艺术

拜占庭文化源自古希腊罗马文化，在基督教文化的熏陶中成长，又受到东方特别是近东文明的影响，形成了一个兼具东西方特色的中世纪地域文明。

拜占庭社会崇尚知识，尊重知识分子，重视教育。人们努力让子女接受良好的教育。自公元五世纪初叶开始，相继在拜占庭帝国各地成立了多所大学。各大学的课程门类繁多，包括神学、历史学、哲学、法律、修辞学、戏剧、几何学、算术、音乐、天文学、文学、医学、物理等课程。教学方法采用古希腊的启发教育，重视师生之间的答问和讨论。

拜占庭史学发达，详尽地记述了帝国的千年历史，可与中国相媲美。史学家辈出，普罗科匹阿斯是其中的佼佼者。他最重要的三部著作为《查士丁尼战争史》、《论查士丁尼时代的建筑》和《秘史》。此外还有阿加塞阿斯的《查士丁尼王朝史》、西摩卡塔的《历史》八卷、狄奥方内斯的《编年史》、佛提乌斯的《群书摘要》、利奥的《历史十卷》等。

拜占庭时代最具代表性的艺术品包括镶嵌画、金银饰品、象牙雕刻、大理石雕刻，以及圣像画。镶嵌画以均匀

119

的小石块或玻璃镶成，题材多为宗教崇拜。拜占庭上流社会较喜用黄金制成的钱币、宗教圣器、杯盘餐具、首饰、图书封面和圣像等。白银制品大多为各式各样的容器，价格较相宜，寻常百姓家一般都有几件白银容器。象牙雕刻亦是拜占庭人喜爱的艺术品之一。人们普遍用象牙充当记事板、书籍的封面、香料盒、小雕像等。大理石雕刻则见诸教堂及宫廷建筑的柱廊及内部装饰，熔希腊雕刻与东方装饰艺术于一炉。圣像画主要是指画在木板、墙壁和画布上的圣母、圣子的肖像，也有些以天使、教众、皇帝、历史事件、动植物和日常生活作为题材的画作。

奥斯曼帝国与苏莱曼

奥斯曼突厥人原是从中亚迁徙到小亚细亚的乌克斯突厥部落的一支。公元一四五三年，奥斯曼突厥人在其苏丹梅赫美特二世的统领下攻克君士坦丁堡，易名"伊斯坦布尔"，并以此作为奥斯曼帝国的首都。他随后征服了巴尔干。他的孙子塞利姆一世则征服了小亚细亚、波斯、中东等地。塞利姆一世的儿子苏莱曼继位后，又把帝国的版图进一步扩大，北至匈牙利，南至埃及及北非，建成一个横跨三大洲的帝国。直至一九二二年十月土耳其共和国成立，奥斯曼帝国才正式退出历史舞台。

苏莱曼于一五二〇年登基，于一五六六年去世，在位四十六年。他不但是个卓越的军事家，而且在治理国家方面显示出非凡的才能，十分重视以法治国。在他的主持下，帝国修订并颁布了一系列新的法律和法典，内容主要包括对官吏的任免、承袭、俸禄、职级及礼仪等。此外还包括商业市场管理、禁止征收额外税以及债权、债务等内容。在修订后的有关民事刑事的法律条文中，还明确规定了对抢劫、杀人、通奸、酗酒的惩处。苏莱曼以法治国的方略，对当时的社会十分重要。在帝国的众多人口当中，约有百分之四十为非穆斯林。如何有效地保障大量的非穆斯林工商业者和民众的公民权、产权，并使其在伊斯兰国家中得到公平的对待，是个关系到社会稳定和经济持续发展的重要课题。这些法律，都明确地记载于一五六六年刊行并长期实施的《苏莱曼法典》中。

苏莱曼在位期间，亦十分重视廉政和吏治。他的女婿在担任总督期间曾贪污受贿，被他降职以示惩处，此人仍不思悔过，继续滥权贪污，最后被苏莱曼下令处以极刑。这种以法治国、赏罚分明的态度，令他颇受民众的拥戴。

奥斯曼建筑

　　奥斯曼帝国在文化艺术上的最大建树，应是遍布于全国各地的清真寺建筑。

　　十六世纪国力最鼎盛时期，帝国在首都伊斯坦布尔和其他城镇大兴土木，不惜耗费大量的人力财力广为兴建清真寺和具有伊斯兰风格的王宫陵墓。这些建筑物不但规模宏伟壮观，雕刻装饰绚丽多彩，而且造型别具一格。例如圆锥形的大屋顶，耸入天际的笔状宣礼塔，以及宽敞的庭院，众多的拱门、拱顶、立柱、壁龛，形成了奥斯曼独特的建筑艺术风格。到了十七世纪末，帝国境内雄伟壮丽的清真寺星罗棋布，仅伊斯坦布尔就有大大小小五千座清真寺。除少数的清真寺是拜占庭帝国被征服后，由东正教的教堂改建为清真寺外（例如著名的圣索菲亚大教堂等），绝大部分的清真寺都是由奥斯曼人自己修建的。其中最负盛名的是巴耶济德二世清真寺和苏莱曼大帝清真寺。从这些清真寺可以看出，奥斯曼帝国的建筑师们曾详细地研究了圣索菲亚大教堂，并且从它的庄严宏伟、美观实用的风格中汲取了灵感，总结出怎样去建成一个既适合于集体礼拜，又能凸显伊斯兰风格的清真寺。

　　在奥斯曼帝国的历史上，最著名的建筑大师是锡南。

由他设计和负责兴建的塞利姆二世清真寺，是奥斯曼建筑
艺术的代表作。它坐落于埃迪尔内城的一座小山上，主体
建筑宽三十五米，长四十五米，圆顶直径为三十一米，比
圣索菲亚大教堂的圆顶还要宽大。锡南的学生阿迦所设计
修建的艾哈迈德清真寺，也是一座完美的建筑艺术作品，
可以同欧洲文艺复兴时期的任何建筑物相媲美。

改建成清真寺的圣索菲亚大教堂

艾哈迈德清真寺内观

风雨中的海燕

在奥斯曼帝国的历史上，苏莱曼在位时（十六世纪中叶）是帝国最辉煌的年代。苏莱曼去世后，帝国的国运逐渐走下坡路；到了十七世纪末，开始江河日下，受到欧洲列强的不断逼迫。十九世纪三十年代以后，帝国迅速土崩瓦解，帝国在欧洲的许多属土相继独立；中东和北非的属土则为欧洲列强所瓜分。帝国沦为"欧洲的病夫"，并于第一次世界大战之后彻底消亡；土耳其共和国于一九二三年十月正式成立。

土耳其的现代文学就在这个风雨飘摇的年代诞生，当时掀起了用白话文写作的"新语言"运动，和中国的五四新文化运动差不多同期。近代最著名的土耳其诗人，应数希克梅特（一九〇二至一九六三年）。按 Lonely Planet《土耳其》一书的说法，希克梅特"不仅是土耳其最伟大的诗人，也是世界上最优秀的诗人之一"。

希克梅特出生于一个贵族家庭，接受过良好的教育，从小就喜爱文学。他在伊斯坦布尔高中毕业后考入了海军学校。当时适值苏联十月革命之后，共产主义运动在欧洲方兴未艾。他怀着一颗爱国心满怀期待地去了莫斯科，进入东方劳动大学读书。回国后加入了土耳其共产党，其后曾坐牢长达十七年之久，甚至还被判过死刑。在狱中曾患病，医生检查后告诉他心脏有毛病，他却写了如下的诗：

> 你错了，医生。
>
> 你柔弱而苍白的手，
>
> 不能够摸到我的心。
>
> 鲜红的血，我的血，
>
> 同黄河混在一起奔流。
>
> 我的心在中国，
>
> 在那为正义而战的士兵的队伍中间跳动。

Lonely Planet《土耳其》一书认为他在狱中写的诗是他最好的诗。

一九五〇年后流亡苏联，逝世后亦葬于苏联。

帕穆克的官司

土耳其现当代的小说家不少，其中最著名的是获得二〇〇六年诺贝尔文学奖的奥汉·帕穆克（Orhan Pamuk），代表作有《雪》、《我的名字叫红》和《伊斯坦布尔：回忆与城市》等。

帕穆克广为人知的除了他的文学著作外，还有一桩官司。二〇〇五年二月，在接受一份瑞士杂志访问时，他提到了一九一五年（第一次世界大战期间），"有三十万库尔德族人及一百万亚美尼亚人被杀害"的事件。当年的六月，土耳其立法（即"三〇一"法案）明示：土耳其人如侮辱共和国或土耳其国体，可判刑六个月至三年。尽管帕穆克是立例前四个月讲的话，但他仍被控触犯了以上法例。当年十二月开庭审讯，法官发觉控方未有依法在检控前先取得司法部长的批准，于是中断审讯。事件引起了国际反响。当时土耳其正在申请加入欧盟。翌年的一月，司法部正式拒绝了检控帕穆克的申请，官司于是告一段落。

事件触及了部分土耳其人的民族情绪。十九世纪末，奥斯曼帝国正在土崩瓦解之中，各属土纷纷脱离帝国而独立。安纳托利亚东部的亚美尼亚人亦兴起了独立运动。奥斯曼政府派兵镇压；历史学者估计，有十万至三十万亚美尼亚人在一八九四至一八九六年间被杀。一九一五年四月，第一次世界大战开始后第二年，俄国与奥斯曼于安纳托利亚东部交战。当时俄军中有部分亚美尼亚人组成的志愿者参战。奥斯曼政府其后签发了驱逐令，将帝国内之亚美尼亚人强迁至帝国南部的叙利亚沙漠区。据历史学家汤恩比估计，因此而丧生的亚美尼亚人达六十万；亦有人估算为一百万或一百五十万。土耳其官方则认为亚美尼亚人的死亡是各种疾病、饥荒以及战乱的结果。

文明回望

尼罗河的前世今生

从事水利工作的人，眼睛总爱盯着江河水，就像蜜蜂盯着花蜜一样，不离不舍。

诚然，水与花是两码事。可它们都能显人以颜色。花的色彩就不用说了。水也可以是黄河的黄、清江的绿、冰川河源的白，乃至尼罗河的蓝。

假如您已见惯了黄河的黄，那您会为尼罗河的蓝而艳羡，而感慨。

尼罗河当然不是没有泥沙。雨季来时，蓝尼罗河的水从埃塞俄比亚高原涌入苏丹和埃及，也带来了不少泥沙，为尼罗河两岸的绿洲献上珍贵的沃土。可这含沙量，比起黄河的含沙量，却是小巫见大巫。一句话：人家的水土流失问题没有咱家的严重。人家也没有那大片大片、光秃得令人惊心动魄的黄土高原。

古希腊历史学家希罗多德曾说：埃及是尼罗河的恩赐。用我们中国人的话来说：尼罗河是埃及的造化。

这尼罗河有两个主要的源头：白尼罗河和蓝尼罗河。白尼罗河发源于中非高原上的维多利亚湖和它周边的集水区。以湖面面积算，维多利亚湖是世界第二大的淡水湖。

133

蓝尼罗河则发源于东非的埃塞俄比亚高原。尼罗河绵延六千七百里，是世界上最长的河流。它水量充沛，一泻千里，向北注入地中海。

希罗多德说埃及是尼罗河的恩赐，这话其实一点都不过分。埃及国土面积逾一百万平方公里，唯可耕面积不到百分之五，那就是尼罗河两岸那窄窄长长的绿洲带；余为一望无际的大沙漠。尼罗河以东的沙漠叫东阿拉伯沙漠，以西的则叫利比亚沙漠，其实都是撒哈拉大沙漠的一部分。简言之，尼罗河是从南到北贯穿撒哈拉沙漠的一条河。也正是这条河，孕育了古代四大文明之一的埃及古文明。

古埃及人什么时候开始聚居于尼罗河两岸，如今已无从确定。人类是从狩猎及游牧文明逐步过渡到农耕文明的。考古学家估计在公元前四千至五千年前埃及的大部分土地渐趋干旱。原来从事狩猎与游牧的埃及先民于是逐渐迁向尼罗河沿岸的绿洲带，利用河水种植，并逐步进入农业社会，继而发展成灿烂的古埃及文明。

和其他地方的古先民一样，埃及的古先民对一些自然现象及野兽抱有敬畏之心，由此衍生出对神灵的崇拜。古埃及人和古希腊人、印度人一样，相信诸神也是有其欲望和物质需要的。诸神有时以动物的模样出现，有时则半人半兽，例如鳄鱼神索贝克、鹰神荷鲁斯、羊首神克努姆、狮女神塞克迈特、河马女神塔维瑞特、猫女神巴斯泰、狼面神阿努比斯等。此外，还有天穹女神努特、地神盖伯、尼罗河神哈皮、太阳神拉、冥神奥西利斯、众神之王阿蒙等等。诸神各司其职，守护着古埃及的国君与人民。这中间还流传着许许多多美丽动人的神话故事。

古埃及的历史从大约公元前三一〇〇年统一国家的产生，到公元前三三二年希腊君主亚历山大征服埃及前后近三千年。埃及学家根据曼涅托《埃及史》里对古代埃及王表的记述，把古代埃及的历史分为三十一个王朝。王国的统治者称为法老，传说是受诸神之命来统治埃及的，因此受到诸神的支持和保护。这样一来，法老也就成了神的代理人，还可以转化为神的后代或化身，独揽政治、宗教、经济和军事大权于一身。他最重要的任务之一是为诸神建造神庙，作为诸神莅临世间时的居所。法老是每个神庙的最高祭司。只有他才能把祭品和供品献给诸神，并且替臣民祈求神灵的恩惠。这种"神人合一"的制度，在下面一首赞颂太阳神拉的古埃及诗歌中表露无遗：

> 拉神在人间安置了国王，
>
> 为的是让他在人与人之间主持公道，
>
> 为的是叫他按照神的意志行事。
>
> 王位千秋万代延续下去，
>
> 以便国王给诸神敬献祭品，
>
> 以便国王给那些安息的前人提供供品。
>
> 国王的名字像拉神的名字一样写在天上，
>
> 他的寿命像神的寿命一样无止境。
>
> 官吏们从心底发出欢呼声，
>
> 百姓由衷地为他唱赞歌。

蔚蓝的尼罗河

法老尽管以神自居，但对生死大事，以及自己死后的复活再生显得特别关切。祭司们因此设计了一套复杂的葬仪，以期法老能再生。他们先为亡者涂上香油防腐，再用白布密缚尸体，置于石棺及墓室之中，让亡者进入冥神奥西利斯的王国，等待复活与再生。这就是木乃伊的来源。早期（公元前三一〇〇至前一五〇〇年）的王族墓葬多采用金字塔模式，以期亡者能更接近天上。早期的国都孟菲斯（Memphis），位于今日开罗以南的吉萨地区。古埃及人有感于日出于东而没于西，认为东方代表着生，而西方则代表着消亡。因此，人口均集中于尼罗河的东岸，墓葬（包括金字塔）则集中于河的西岸。

并不是所有的法老王都是葬于金字塔内的。公元前一五〇〇年以后，古埃及王国的疆土逐渐沿尼罗河向南扩张，直达今日苏丹的努比亚（Nubia）地区。国都亦因而南迁至尼罗河中游的底比斯（Thebes），即今卢克索（Luxor）一带。迁都后，法老死后多葬于山谷的墓穴中。今日卢克索的帝王谷和帝后谷，埋葬了迁都后历代的法老、皇后，以及子孙们。整个墓葬区仍然是建于大河的西岸。

今天，游人来凭吊古埃及文明，主要是乘游轮沿尼罗河南下，沿途登岸参观供奉诸神的神庙、卢克索的帝王谷与帝后谷，以及吉萨的金字塔等。航程最常见的起点是接近埃及一苏丹边境的阿布辛比（Abu Simbel）。当地的河畔原先也建了两个神庙。其中较大的神庙，供奉着阿蒙神（Amun，诸神之王）。可是，神庙的大门上却刻了四尊巨大

137

的法老王拉美西斯二世（Ramessess II）的石像，颇有喧宾夺主之势。拉美西斯二世武功显赫，把古埃及王国的版图南延至努比亚。在他自己的眼中，他这位功勋盖世的君王，与神灵已不遑多让了。他修建了这个神庙，把自己的龙颜刻在庙门前，更可威慑沿尼罗河乘船南下朝贡的努比亚属土臣民们。拉美西斯二世还给自己的皇后妮菲塔莉（Nefer-tari）在旁边修建了一个规模稍逊的神庙，供奉爱神哈索尔（Hathor）。庙前也刻了四尊拉美西斯二世的大石像，以及两尊皇后的石像。二十世纪六十年代中叶，为了修建阿斯旺大坝及纳塞湖水库，两座神庙被迁移至水库边缘的山上，以资保护。迁移工程动员了大量的人力物力（包括欧陆的专家们），成为工程史上及文物保护史上的佳话。

我们现在看到的这些古埃及文明的重要遗址，包括神庙和金字塔等，都是公元前三〇〇〇年至前一〇〇〇年的文物了。这以后，埃及经历了下列多次的外族入侵和统治期：

约公元前七五〇至前六〇〇年库西特人从努比亚入侵，征服埃及。

公元前六六四至前五二五年亚述人从西亚入侵，征服埃及。

公元前五二五至前四〇四年波斯入侵，埃及成了波斯帝国的一个省份。

公元前三三二至前三〇年希腊亚历山大大帝率军入侵，埃及成为希腊属省。

公元前三〇至公元三一三年埃及成为罗马帝国一

阿布辛比神庙

个省份。

公元三九五至六四〇年埃及成为东罗马帝国（拜占庭）属土。

公元六四〇至一五一七年埃及成为阿拉伯帝国属土，并改宗伊斯兰教。

公元一五一七至一七九八年埃及成为奥斯曼帝国的一个省份。

公元一七九八至一九二二年埃及先后成为法国及英国的殖民地。

公元一九二二年至今埃及成为独立的伊斯兰国家。

其中影响最深远的，恐怕是阿拉伯人于公元六四〇年的入侵和征服了。埃及人从此改宗伊斯兰教，其语言文字亦随之阿拉伯化。埃及因此经历了一个较大的历史和文化断层。今天的埃及人，无论是语言文字、宗教信仰还是民族成分，均有异于法老王时代的埃及人。作为世界四大文明古国之一的两河流域地区（古巴比伦，今日之伊拉克），情况亦大同小异。

尼罗河水蔚蓝如昔，只是尼罗河的今生已有别于它的前世。黄河流域的文明沉淀，却仿如它的河沙这样厚重。是什么原因令黄河文明（乃至长江文明）能传承不断，在融合外族文明的基础上不断丰富自己，不断发展？我带着这个问题去请教了饶宗颐教授。饶教授认为这应归功于汉文字在中华文明进程中所展示的巨大凝聚力和韧力。这和余光中教授的看法不谋而合。余教授认为汉文字是"真正

卡纳克神庙

的中国文化之长城",是"中国文化的不二载体"。当然,我们不该老是为中华文化的连续和传承而沾沾自喜。历史上,异族入侵而强将自己的语言文字加诸被征服者,导致文化断层的现象,亦屡见不鲜。历史是众缘和合的产物,这里面有多少偶然?

　　大江北去,既见证了尼罗河畔昔日的辉煌,复欣慰地看到了黄昏中的诸神,仍孜孜不倦地守护着古埃及人的子孙们,让众多的文化遗产为他们创造可观的旅游财富收益。如今,尼罗河水位已随阿斯旺大坝的兴建而平添了颇大的落差,成为一个颇为瞩目的水位断层。至于那古今埃及之间的历史断层,乃至它的未来走势及活动能量,就教人更费思量,更难捉摸了。愿尼罗河的众子孙们,也能承传大河那有容乃大的胸怀,以清凉的河水洗涤宗教与种族之间的隔膜与仇恨之心,让大河两岸皆成乐土。

佛朗明哥的忧郁

近年在"香港艺术节"及"地域文化艺术节"观赏过西班牙的佛朗明哥（又译"弗拉门戈"）舞蹈演出，对它的热情奔放及强烈节奏感，留下了深刻的印象。之前有机会到西班牙南部的安达卢西亚，并在塞维亚观赏了较地道的佛朗明哥演出。舞蹈依然热情奔放及富节奏感，只是多了几位以吉他及拍手伴唱的歌手，主要是男歌手。那嗓音有些沙哑沉郁，甚至有点苍凉的味道，明显地带着一股哀愁和忧郁。我以前曾从书中得知，佛朗明哥是源自印度的吉卜赛人的音乐舞蹈。那股哀愁和忧郁，该是吉卜赛流浪者的哀愁和忧郁吧？可当地人却解释，那不完全是吉卜赛人的音乐，其实当中也有不少摩尔人流传下来的歌曲。连西班牙吉他亦是源于摩尔人的。

来自北非、信仰伊斯兰教的摩尔人于公元七一一年入侵伊比利亚半岛，半岛直至一四九二年一月始被西班牙联军完全光复。摩尔人主要是来自北非摩洛哥的柏柏尔（Berbers）族人，当中也混杂了一些阿拉伯人。摩尔人统治西班牙七百多年间，曾有过辉煌的岁月，在文化、艺术、建筑及科学诸领域均有过杰出的成就。格拉那达的阿尔汗布拉宫，是摩尔人留下的典型伊斯兰宫廷建筑。半圆形的马蹄拱门，几何图形和花形的马赛克瓷砖，平静的中庭和水池，均极富美感。

摩尔人失去政权后，西班牙的穆斯林被强令改宗天主教或离开西班牙。约一世纪后，连改宗天主教的约三十万摩尔人亦被逐出西班牙。吉卜赛人相传是在摩尔人统治西班牙的后期（即十五世纪），经北非到达西班牙的。今日的佛朗明哥，歌声里既有吉卜赛流浪者的忧郁，也有摩尔人亡国被逐的哀愁。

吉美博物馆的文化视野

朋友们游览巴黎，一般都会选择到卢浮宫、奥塞美术馆或圣母院等较热门的旅游点，但较少到吉美博物馆。

按法国国家博物馆系统的分工，卢浮宫展览的是西方文明，吉美展示的却是东方文明。诚然，卢浮宫规模比吉美大多了。可吉美近年经装修后重开，展品之精美却又着实令人惊喜。

吉美坐落于凯旋门与巴黎铁塔之间。展品来自中国、日本、韩国、东南亚、印度及中亚细亚；其中以东南亚及中亚展品最具特色，收藏亦比许多博物馆来得丰富。法国曾在柬埔寨及越南殖民统治多年，取走了不少精致的石雕品。展品题材以南传佛教及印度教为主，富有地方艺术色彩，包括来自吴哥窟的多件大型石雕。

吉美收藏的中国、日本、韩国及印度文物多造工精巧而颇具代表性，在其他博物馆亦不多见。它的中国水墨画收藏，较偏重于元明清文人画，清淡颐雅，少了那份帝苑珍藏、乾隆御览的绚烂。

吉美最具特色的藏品，应该是它的敦煌、新疆及中亚文物。敦煌藏经洞（第十七洞）是一九零二年经道士王圆箓偶然发现而开洞的。不久,外国探险家闻风而至。法国汉学家及考古学者伯希和是继匈牙利裔英国人斯坦因之后到敦煌搜集文书文物的。两人都取走了大量的敦煌文献及艺术品。所不同的是伯希和通晓中文,所拿走的敦煌文献都是经过他细心挑选而最具收藏及研究价值的,斯坦因则不懂中文。伯希和取走的敦煌文献,部分如今在吉美展出,部分则收藏于巴黎的国家文献中心。吉美展品包括了唐代《法华经》、《金刚经》、《般若经》、《华严经》等佛经手卷,也有用粟特文及其他西域文字书写的经卷。粟特人是隋唐时活跃于丝绸之路上的客商,原居中亚昭武九姓国(今乌兹别克斯坦)。当时佛教盛行于西域。丝路上的客栈,多为寺院,或由寺院开设。丝路重镇布哈拉,意即庙宇。佛教由是从丝路传入中国。吉美的藏品,完整地以实物介绍了佛教经西域传入中国的史实。这在世界上其他博物馆中也是极为少有的。

　　除了敦煌文献之外,吉美还有不少唐代的敦煌绢画,以及北凉北魏的佛教塑像及雕像。来自新疆的珍贵文物包括了库车(古龟兹国)克孜尔千佛洞的壁画,龟兹王家寺院昭怙厘大寺遗址出土之佛雕及塑像,巴楚地区(古疏勒国)出土之浮雕等,其服饰及面貌均极富西域色彩。

　　佛像雕塑艺术,始于公元一世纪时的贵霜王国犍陀罗地区(今巴基斯坦与阿富汗接壤地区,印度河及喀布尔河交汇处)。当时,贵霜(或称大月氏)因应佛教信众的需求,采用了大夏希腊工匠的雕塑技术,造出了历史上第一批佛像、菩萨像及大量浮雕，既有希腊风格，又有中亚地方色彩，史称犍陀罗艺术。吉美收藏了不少极为精美的犍陀罗艺术品。其中许多佛像及浮雕均曾在印度艺术史或亚洲艺术史专著中多次被引用，作为犍陀罗艺术的代表作。更难得的是，吉美还收藏了一个精美而完整的犍陀罗佛塔，为其他博物馆所无。

吉美充分展示了东方文明重精神、富哲理的特性、也反映了法兰西民族的文化视野。在潮流趋向全球化的今天，这种文化视野是越来越重要了。

露西亚续恋

　　年轻时，露西亚是个浪漫十足的名字。它除了是欧亚大陆上广阔无垠的一大片土地，还是普希金、契诃夫、高尔基、托尔斯泰和陀思妥耶夫斯基的祖国。无名氏笔下的《露西亚之恋》及《北极风情画》，托尔斯泰笔下的《战争与和平》，帕斯捷尔纳克笔下的《日瓦戈医生》，为它平添了不少迷人的色彩。假若你乘着歌声的翅膀来游这片土地，那么你耳畔响起的，除了有《莫斯科郊外的晚上》、《喀秋莎》、《三套车》及《伏尔加河船夫曲》外，还准会有柴可夫斯基、拉赫曼尼诺夫、斯特拉文斯基的旋律。你会被斯拉夫民族对这片土地的深情打动，因此会明白年轻的保尔，以及他们那整整一代的"青年近卫军"们，他们当年对理想的执着追求，他们意志里的《钢铁是怎样炼成的》，也会明白他们为什么愿意为俄罗斯祖国而献出自己年轻的生命。

　　俱往矣，理想始终是理想。工人阶级本来就无祖国。

　　理想幻灭后，八九十年代我来到俄罗斯，见到的是无尽的通胀，无尽的生活物资缺乏，无尽的生活辛酸。如非亲历其境，很难相信在两周之内，卢布可以贬值五分之四，面包可以涨价二十倍，马铃薯可以涨价五十倍，而且还要下乡去买……

　　近日，因缘际会地再回到阔别十余年的露西亚。斯拉夫民族的坚毅与刻苦令物质生活有了较大的改善。国民平均年收入已大大提升，莫斯科到处都是新盖的公寓大楼，路上也塞满了本国生产或进口的小汽车。俄罗斯母亲似乎已不再为餐桌上的食物发愁。

　　愿露西亚无恙，继续为人类谱出伟大的文学及音乐篇章。

草原的回忆

在欧亚大陆的北方，有个连绵八千公里、辽阔无垠的草原带。它东起大兴安岭，横跨蒙古高原、西伯利亚平原及东欧平原，西达乌克兰及匈牙利。草原位处寒温带。诗曰"离离原上草，一岁一枯荣"。只是夏季草长一般亦仅及足踝，鲜有"风吹草低见牛羊"的诗情画意。

回顾人类进化的历史，人类的祖先当年走出了森林，来到草原生活，曾经历了漫长而艰苦的狩猎及采摘时期，直到驯养了马，才正式进入游牧文明的阶段。草原自此一直是众游牧民族部落活动的舞台。牧民逐水草而居，并无固定的部落疆界可言。

于是，在数千年的游牧文明进程中，常有游牧民族部落集团，沿草原大道从欧洲迁徙到亚洲，或由亚洲迁徙到欧洲。有些部落还建立过盛极一时的草原大帝国。草原见证了帝国的兴衰。金戈铁马的辉煌与喧闹过去之后，依旧是饮马北海的悠然与恬静。

草原应还记得：距今约三千五百年至四千年间，南俄大草原上的众多印欧语系游牧民族因气候变化而大举迁徙。西迁的诸部，日后分别成了欧洲的各主体民族，包括斯拉夫、日耳曼、意大利、希腊、凯尔特等。东迁的三支，则分别是伊朗、印度雅利安及吐火罗。其中吐火罗进入了中国的新疆，成为诸绿洲国的先民。部分吐火罗人（包括月氏）还进入了河西走廊。近年在新疆陆续出土的众多干尸（包括前些年曾在香港沙田文化博物馆展出的新疆干尸），均属欧罗巴种的吐火罗先民。

草原应还记得：游牧文明与农耕文明在中国的北疆进行了长达两千多年的冲突与融合，包括商代的北戎与鬼方，秦汉时的匈奴，魏晋时的五胡，唐时的突厥与吐蕃，宋代的西夏、辽、金与蒙古，明代的瓦剌与女真等。

草原见证了匈奴帝国的兴起，也见证了公元一世纪初，东汉窦宪率军把北匈奴逐出了漠北。匈奴于是经草原大道西迁，沿途与各游牧民族兼并融合，至四世纪时以雷霆万钧之势君临匈牙利平原，直逼罗马帝国，导致了欧洲诸民族的大迁移。匈奴之主、"上帝之鞭"亚提拉死后，匈奴部族迅速撤出匈牙利，最后消融于茫茫草原中。今日匈牙利的主体民族为马扎儿人。有古代语言学家认为，马扎儿人源于中国东北的靺鞨女真。唐初，靺鞨与扶余、高句丽联军为唐所败。部分靺鞨残部于是经草原大道，于八世纪时西迁至匈牙利平原。

草原应还记得：盛唐与突厥于七、八世纪曾多番较量，突厥其后西迁，经中亚细亚至今日之土耳其，沿途不断征拓兼并，至十一世纪时建立了强大的突厥汗国。草原也见证了中亚（包括新疆）的突厥化及伊斯兰化。

　　草原应还记得：十三世纪时，铁木真统一了蒙古诸部，继而进行了历史上最波澜壮阔的西征，沿草原大道直捣欧洲，并在草原的西端建立起金帐汗国。成吉思汗不愧为一代天骄，他也是蒙古民族永远的骄傲。

　　俱往矣，历史见证：草原上从来没有不灭的帝国、不落的太阳，或永恒不变的事物。游牧文明亦会因时代变迁而有所变化。时至今日，越来越多的牧民选择了定居，蒙古包只留给游客住了。飞驰在草原上的，是越来越多的摩托车，越来越少的骏马。人们或许会问：在经济全球化及信息科技的冲击下，草原游牧文明最终会否消失于历史长河中，成为又一个曾经灿烂的昨夜星辰？

草原游牧文明博物馆

圣彼得堡冬宫的隐士博物馆（Hermitage），与巴黎卢浮宫齐名，以丰富的欧陆文明藏品而驰名于世。此外，它在草原游牧文明方面的研究与收藏，亦是世界独一无二的。苏联建国后，培养了大批考古学者，在横跨欧亚大陆的大草原上进行了经年累月的考古发掘。众所周知，欧亚北部的大草原，是游牧文明的一个重要发源地及活动舞台。距今约一万年前，印欧语系的游牧民族已活跃于黑海以北的南俄大草原上，并逐渐西迁进入欧洲大陆，日后形成了欧洲的各主体民族。距今约四千年前，印欧语系的吐火罗语支、雅利安语支及伊朗语支诸部，分别东迁至新疆、印度及伊朗高原。与此同时，在北亚细亚的草原上，游牧文明亦逐渐茁壮成长，日后陆续出现了匈奴、柔然、突厥、蒙古等草原帝国。

前苏联的考古学家们，在欧亚大草原上的墓葬群进行了大量细致的发掘工作，从旧石器时代，到新石器时代、斯基泰时代、匈奴时代、蒙古时代俱有；地域由东欧经阿尔泰至北亚细亚，包括贝加尔湖、叶尼塞河流域及南西伯利亚。发掘及考古研究的成果集中在冬宫中展出。展品因此十分丰富，并辅以大量图像说明。较重要的包括斯基泰人的铁器、金器、马鞍装饰、纺织品及陶器等。部分展品亦反映了游牧文明与农耕文明之间的互动与交融。冬宫因此也可以称得上是世界上最丰富的草原游牧文明博物馆了。遗憾的是出版及流通的文献（特别是英文文献）较少，因而也较少为世人所知。

"失我焉支山" 后一章

甲午年（公元二〇一四年）七月初，有缘与友人重游河西走廊，并登上了祁连山与焉支山之间的大草原。

焉支山其实是祁连山的一条支脉，位于祁连山主脉之北，中间的大草原自古以来便用于养殖军马。草原如今叫"山丹军马场"，总面积达三百三十万亩，地势较平坦，水草十分丰茂。

这样一片大草原，对古代游牧民族的价值不言而喻。据上古史记载，最早盘踞于河西走廊和这片大草原上的是月氏人。他们是印欧语系的游牧民族，约四千年前从南俄大草原东迁入今日的新疆。部分人定居于新疆的各个绿洲，史称吐火罗人。部分人则继续东进至河西走廊，就是月氏人。月氏全盛时期，连蒙古高原上的匈奴人亦不得不俯首称臣。匈奴的头曼单于亦把自己的长子冒顿送至月氏作为人质。冒顿即位后，匈奴开始强大起来。其子老上单于于公元前二〇五至前二〇二年间征伐月氏，斩杀了月氏王。月氏余部于是向西迁入新疆，后经葱岭（今日的帕米尔高原）再进入中亚细亚，征服了当地的希腊殖民国大夏（今阿富汗、巴基斯坦一带），建立了贵霜王国。贵霜王国延续

155

了近七个世纪，全盛时版图包括了新疆的西部地区和印度北部的大部分疆域。贵霜王朝成就了世界著名的犍陀罗佛教艺术；如今欧美许多国家的著名博物馆，均有犍陀罗艺术的展品。著名的巴米扬大佛，亦是在贵霜王时代刻成的。

匈奴打败月氏后，占领了河西走廊，亦利用祁连山与焉支山之间的大草原繁衍军马和牛羊六畜，国势盛极一时。北方许多游牧民族都臣服于匈奴。匈奴与汉朝之间展开了连年的战争。按《史记·匈奴列传》所载，汉武帝元狩二年（公元前一二一年）春，汉使骠骑将军霍去病将万骑出陇西，过焉支山千余里击匈奴，得胡首房万八千余级，破得休屠王祭天金人。匈奴于是被赶出了河西走廊，失去了水草丰美的祁连山大草原，自此强势不再，逐渐走下坡路。据《西河故事》所载，匈奴失祁连、焉支二山，乃歌曰：亡我祁连山，使我六畜不蕃息；失我焉支山，使我妇女无颜色。焉支山上有一种"红蓝花"，据《稗史汇编》所载：北方有焉支山上红蓝，北人采其花染绯，取其鲜者作胭脂。妇人妆时用此颜色，殊鲜明可爱。

汉军自此扭转了局势，屡挫匈奴。匈奴后来分裂为南、北两支。南匈奴归顺汉朝，逐渐汉化。北匈奴被东汉窦宪击败后，向西迁移，沿途又征服和融入了不少欧亚大草原上的游牧民族，于公元四世纪入侵欧洲，直迫罗马帝国，也引发了许多欧陆民族的大迁移。匈奴主亚提拉被欧洲人称为"上帝之鞭"。

人生有得有失，民族亦如是。月氏人失去了河西走廊和祁连山，后来却成就了贵霜王国的辉煌。匈奴人"失我焉支山"后，也得到了辽阔的欧亚大草原，登上了欧洲历史的舞台。世间有人希望名垂青史，月氏人和匈奴人似乎做到了。蓦然回首，得失俱在寸心之间。

新罗、百济佛教文化之旅

　　近年，"饶宗颐文化馆"先后组织了韩国"百济"及"新罗"文化之旅。有逾千年历史的韩国佛教成了旅程的一个焦点。本文回顾一下韩国佛教及佛教艺术的历史及一些特色。

三国时期

　　公元一世纪至七世纪的朝鲜半岛，高句丽、百济、新罗三国鼎立，史称三国时代。据韩国《三国史记》所载，高句丽小兽林王二年（公元三七二年），中国南北朝时北朝前秦的苻坚曾派遣使节及僧人顺道到高句丽，并赠送佛经和佛像。高句丽王室随后接受了佛教，并于三七四年建箫门及伊弗兰两佛寺。百济则于枕流王元年（公元三八四年）印度僧人摩罗难陀自东晋（南朝）来境内度化以后，接纳了佛法。诸王相继"以土木为神像，率百官祭之"，"穿金以建珥堂，凿金以立宝塔"。

　　佛教从中国传入高句丽及百济，不久即获得王室的认同，由上而下传播至民间。而新罗却是佛教在民间普遍流

思惟菩萨像，百济（七世纪）

思惟菩萨像，高句丽（六至七世纪）

传，王室为巩固政权，收揽民心，才于法兴王十五年（公元五二八年）正式认可佛教。自此以后，新罗王室笃信佛教，连国王及嫔妃所取的名字都带有佛教色彩，甚至晚年出家为僧。或派遣僧侣至中国取经，回国传道说法；或从百济请来工匠，修建兴轮、皇龙、芬皇等气势宏伟的大寺。佛教造像活动亦非常蓬勃。特别是随着弥勒信仰的盛行，思惟菩萨像成为韩国佛像的代表作、国宝。

随着佛教在三国时代的蓬勃发展，朝鲜半岛高僧辈出。高句丽有留学中国的义渊、著有《华严》与《三论》的僧朗、研究三论学并到日本布教的慧灌与道澄、《说一切有部》的智晃、天台宗的波若、著述《涅槃经讲论》的普德等。百济在初期提倡律学，有谦益、昙旭、惠仁等著名律师。圣王以后，百济将佛教传至日本。百济在律学之外，并盛行三论与成实等空宗思想，惠现、观勒、道藏等僧人对日本佛教的发展影响至大。

新罗初期活跃的高僧有出身高句丽的惠亮，后来成为新罗的国师；有留学隋朝以"世俗五戒"闻名的圆光，以及后来的慈藏、圆测、元晓、义湘等高僧。其中，元晓无视戒律而更重视精神世界，并且不受限于特定一宗，广泛研究各派经典而自成一家。他有《金刚三昧经论》、《大乘起信论疏》等八十多部著作，对新罗佛教的影响甚为广泛与深远。

百济佛教美术的发展，集中于圣王迁都泗沘城（今扶余）后的扶余时期（公元五三八至六六〇年）。此时百济摆脱了高句丽武力侵略的威胁，国势渐趋安定。在外交上，主动与中国南朝（梁）交好，并试图与北朝各国交往；曾遣使至梁迎请佛经、医工、画师等，又为梁武帝于熊州建大通寺，并造丈六佛像为天下众生祈福祝祷。从当时武宁王陵内部棺坟壁砖的莲花纹及众多出土文物，可见百济人对佛教的信仰之深及梁朝佛教文化对百济所产生的影响。此外，为了对抗新罗，百济又积极与日本进行交往，互派使者，又赠日本钦明王青铜镀金佛像，遣送法师及造佛匠师至日本王室，直接影响了日本飞鸟时代的佛像雕刻艺术。百济时期佛教美术的重要发展是石雕佛像的出现，石材的使用可能是来自中国北齐北周以来盛行的以白大理石造像的风气。早期扶余一带出土软石质的小型蜡石佛像较多，后来则发展成大规模的花岗石摩崖像、石窟、造像碑等，成为韩国佛教雕刻史进化的一个分水岭。

百济时代留下来的佛教建筑物，以石塔为主，像扶余定林寺址的五层塔、益山的弥勒寺塔、王宫坪塔、军守里寺址等可为代表。其中，弥勒寺塔是以木造塔的形式建造的石塔，是韩国最早出现的石塔形式。这些百济时代石塔的特征，就是塔根深植于土地，让人有安定稳固之感。

新罗在六世纪以后，曾建造兴轮寺、皇龙寺、祇园寺、实际寺、三郎寺、芬皇寺等寺庙，现在只能看得到遗址了。其中，从皇龙寺建筑物的配置方式来看，大致与百济相同，在南北向的纵在线，采取将金堂、讲堂、塔等顺序排列的形式。我们现在还可以从芬皇寺的模砖塔与瞻星台看出古

161

新罗建筑的断面。

三国时代的雕刻遗物几乎全是佛像。以特异的精神与洗练的艺术技巧，以及强烈的自主精神所雕刻出来的这些佛像，具有高句丽的严肃与刚毅的特性，越到后期则越呈现出圆融与谦逊。平壤元五里寺遗址出土的泥佛，以及平川里出土的金铜弥勒半跏像，均可为代表作。百济佛像的特征是，外形都是圆圆充满福相的面庞，带着天真烂漫与乐天的少女般微笑。忠清南道瑞山的摩崖三尊佛的表情，是代表性的例子。不论是主尊佛像睁开的双眼，还是它旁边的菩萨宛若实体并洋溢着感情的微笑的女人，都是在其他国家的佛像雕刻中找不到的独特神情。新罗的弥勒半跏像比百济的体躯更纤细，脸庞更尖锐，展现了新罗固有的流风；新罗最有名的雕刻家是良志。

统一新罗时期

公元六六八年，新罗征服百济及高句丽，建立了朝鲜半岛上首次出现的统一国家，定都庆州，前后历经了五十多代国王，是韩国佛教的黄金时期。大乘各宗先后从中国传入。元晓及义湘大师弘传华严；圆测、太贤大师宣扬法相。另外净、律、密等宗派也日渐传播。禅宗在统一新罗后期至高丽初期已发展为九派之多。佛教寺院遍布，人才辈出。至今在庆州这千年古都的周边地区，仍分布着相当可观的佛教遗址，如密集的王陵古坟、通度寺、海印寺、

扶余定林寺五层石塔

益山弥勒寺石塔（百济时代）

松广寺、佛国寺、石窟庵、断石山神仙寺及南山一带的摩崖佛像等，仿佛是一座露天的博物馆。

从各大寺庙的兴建，我们可看到统一新罗时代佛教繁荣发展的面貌。单在庆州附近就有四大天王寺、佛国寺、奉德寺等。周边其他地方还有通度寺（梁山）、梵鱼寺（东莱）、浮石寺（荣州）、华严寺（求礼）、海印寺（陕川）、法住寺（报恩）等，能够兴建如此规模的大寺庙，意味着新罗经济的富饶。

学德兼备的佛教高僧在新罗时代人才辈出，也显示了当时佛教发展的盛况。统一之前已有圆光、慈藏、义湘等僧侣到中国留学，统一后更有许多僧人到唐朝或印度取经、研究教理，并至圣地巡礼，其中以圆测与慧超为代表。圆测留唐时，曾与玄奘法师一起译经与著述；慧超在唐留学后从海路到印度圣地巡礼，再走陆路经中亚回到唐朝，后来在中国圆寂。中国敦煌发现的《往五天竺国传》，就是他的巡礼记，对后世研究印度与西域很有帮助。

庆州吐含山石窟庵统一新罗时代（八世纪）

留学回国的僧侣，使得佛教研究更为深入，在统一新罗时代成立了许多佛教宗派。重视经典的佛教五个宗派，就被称为五教。三国后期高句丽的普德和尚成立涅槃宗、新罗的慈藏法师成立戒律宗、义湘法师在统一前后设立华严宗、元晓和尚成立法性宗（海东宗）、景德王时真表法师将瑜伽论与唯识论作为理论经典开创了法相宗。五宗派当中，华严宗与法性宗因为义湘与元晓法师的活跃而最具影响力。华严宗主张佛法平等与教义圆满知足，深受新罗贵族的欢迎，创始人义湘法师留学中国，受教于中国华严的大宗师智俨门下，回国后以全国十大名寺之一的浮石寺为中心展开传教活动。元晓法师的法性宗虽模仿自唐朝法性宗，但也有许多差异，反而以海东宗更为有名；元晓致力于排解宗派间的对立与门争，促进他们的和解与统一。他也因著述《十门和诤论》而被追谥为和诤国师。

海印寺之《高丽大藏经》

几个宗派因信奉的经典受到王室贵族欢迎而大行其道。

净土宗则与它们不同，它广受一般大众的支持。诸教派要求信众领会深奥的学问与教义，净土宗则皈依阿弥陀佛，认为只要虔诚念祷"南无阿弥陀佛"，死后就能到西方净土，也就是极乐世界。因此，净土宗广受一般普罗大众的欢迎。

到了新罗的后期，禅宗开始在佛教界抬头与发展。禅宗与重视经典研究的教派不同，它的主旨是"不立文字，见性悟道"，以坐禅的陶冶心性来达到得道的境地。禅宗是七世纪中叶由法朗和尚从唐传入的，初时并不受重视。到八、九世纪时，才由神行与道义法师大幅扩大了教势，并以九山的道场为中心大为发展。新罗末期与高丽初期因而有禅宗"五教九山"之说。

新罗的五教

五教	开宗者	中心寺庙（所在地）
涅槃宗	普德	景福寺（全州）
戒律	宗慈	藏通度寺（梁山）
法性宗	元晓	芬皇寺（庆州）
华严宗	义湘	浮石寺（荣州）
法相宗	真表	金山寺（金堤）

新罗的九山

九山（所在地）	开祖	中心寺庙
迦智山（长兴）	道义	宝林寺
实相山（南原）	洪陟	实相寺
桐里山（谷城）	惠哲	大安寺
阇堀山（江陵）	梵日	堀山寺
凤林山（昌原）	玄昱	凤林寺

续前表

九山（所在地）	开祖	中心寺庙
狮子山（宁越）	道允	兴宁寺
曦阳山（闻庆）	智诜	凤岩寺
圣住山（保宁）	无染	圣住寺
须弥山（海州）	利严	广照寺

高丽时期

　　公元九一八年至一三九二年为高丽王朝时代。高丽因诸王护法，佛教仍持续兴盛的局面。如太祖王建，即位后建丛林、设禅院、刻印《高丽大藏经》、造像修塔，寺庙达三千五百余所。光宗时，禅宗、天台、华严、唯识等宗派并传，尊崇高僧为国师。睿宗时，智讷大师创曹溪宗禅法，广为高丽人民所接受，禅宗亦逐渐走向本地化、民族化。

　　高丽前期的文化，亦是以佛教为基础而形成的。贵族的文化基础更是不脱佛教的范畴。佛教从太祖时代就受到国家保护而得以发展，统一新罗末期盛行的禅宗，到高丽初期开始停滞，由五教之一的华严宗取而代之。这是因为佛教宗师与贵族之间的关系密切所致。后来到了高丽中期，由于大觉国师义天的出现，佛教界大幅改组为五教两宗（天台宗与曹溪宗），这是因为义天主张"教观兼修"，化解教禅的对立，并要求相依合作。由惠能大师担任宗祖的曹溪宗成立，促成天台宗的改制，以及禅宗九山的自觉与团结。

全罗南道松广寺秋景

庆尚北道庆州佛国寺

高丽时代，王室曾对佛教给予极大的经济支持，因而能够广建寺庙与石塔，像兴建拥有两千八百间房这样大规模的兴王寺，并且为寺庙提供许多土地与奴婢等等，可见佛教受重视的程度。

高丽时代，又开始酝酿刊行《大藏经》。从契丹入侵时开始，到文宗时代共完成了六千多卷。后来，义天集中从宋、契丹与日本带回来的佛经与注释本，在兴王寺设置教藏都监，刊行了四千七百多卷。这两种版本的《大藏经》收存在大邱符仁寺，但在十三世纪初蒙古入侵时遭到焚毁。后来又于高宗时重刻了"八万《大藏经》"，经版至今仍珍藏于伽耶山海印寺，成为著名的世界文化遗产。

高丽时代的佛塔继承了新罗的建筑风格。高丽前期的佛塔有忠州净土寺的弘法大师的实相塔（现存景福宫）、原州法泉寺的智光国师的玄妙塔（现存景福宫）、开丰的玄化寺七层塔、五台山的月精寺九层塔等。佛像则有论山灌烛寺的弥勒佛、荣州浮石寺的阿弥陀佛塑像等。

朝鲜时代及近代

公元一三九二年，李朝太祖推翻了高丽王朝，随而进入朝鲜时代。李朝自太宗至显宗（一四〇一至一六七四年）两百多年间，因崇儒排佛而颁令毁寺、迫僧还俗，禁止僧侣进城等措施，韩国佛教不复昔日之兴盛。

二战后，佛教在韩国有显著的复兴，修复了不少寺院，亦办起了佛教综合大学及慈善机构，积极融入现代社会。

　　佛教在韩国曾兴盛了近千年，至今仍留下了许多反映大韩民族审美观的佛教艺术精品，也反映了大韩民族崇尚朴实、追求自然美的民族风格。韩国的许多佛像，代表了一种宇宙和人间、天和地、阴和阳之间圆融调和的观照，就如韩国美学家高裕燮所说的：

　　　　自隐约处散发出优雅，

　　　　谛观单一色彩，生而得来的寂照和宁静，

　　　　自由奔放中，生而得来的幽默与生动，

　　　　技术未完中，生而得来的悠闲和脱达！

　　这不啻是韩国佛教艺术的写照。

金铜如来三尊佛像庆尚北道庆州雁鸭池出土统一新罗时代（八世纪）

佛国寺金铜阿弥陀如来坐像庆尚
北道庆州统一新罗时代（八世纪）

大江大湖

母亲河的沧桑

小时候，听老师讲我们民族的文化历史。她说黄河是母亲河，是民族的摇篮。千百年来，就像歌曲里描述的："多少英雄的故事，在你的身边扮演。"听来令人悠然神往。

及长，当上了水利工作者，常游走大河上下，对大河多了一点了解，一份眷爱。对母亲河千百年来经历的沧桑，也不无感触。

人们说：一桶黄河水半桶沙。黄河自兰州以下，水很黄，含沙量很高。这是客观事实。千百年来，人们在黄土高原上不断伐木，严重破坏植被，导致水土流失，大量泥沙流入黄河。大河进入华北平原后，流速骤降，泥沙沉淀于河床上，令河床不断升高。至开封时已比两岸民居高出七至十米，黄河成了名副其实的悬河。每遇大水，河水漫过河堤，常导致大洪灾。中国历史上不乏黄河泛滥成灾、灾区哀鸿遍野的记载。

今日的黄土高原，大都是牛山濯濯、沙尘滚滚的黄土地。翻查一下史书，不难发现黄土高原在春秋时代还是有森林覆盖的。时至今日，仍有少量的林区因缘际会地幸存下来。例如在晋西南浦县的东岳庙一带，因为是东岳大帝神庙所在地，一直没有伐树，至今仍是苍苍郁郁，与周边光秃秃的黄土高坡形成了强烈的对比。

植被的破坏不但导致了严重的水土流失，还改变了黄土高原地区的水循环，造成了降雨量的减少及地区的干旱化。十多年前，我随水土保持工作者到晋北和晋中，在光秃秃的黄土高坡上做植被重建试验。可惜因为气候干旱的关系，当年种下去的树苗至今仍是小得可怜的小树。植被一经破坏，要重新培植并不容易。现在只能改种草本植物或灌木了。要绿化黄土高原，尚需几代人的不断努力。

五十年代为了治理黄河，修建了三门峡大坝。当年依靠苏联老大哥做工程设计，未有充分考虑黄河的泥沙问题。大坝建成后一年多，泥沙已严重淤塞水库。后来破天荒地在大坝底部用人工爆破的方法，修筑了两条冲沙隧道，用水把坝后泥沙冲走。自此以后，中国的许多大坝，都在施工时预留冲沙孔，以便清理坝后泥沙。三门峡水库的泥沙把河床抬高，比支流渭河的河床还高。结果是渭河的水难以注入黄河，造成了渭水倒灌的现象。两年前还因此导致了渭河流域的一场大水灾。三门峡工程是个失败的水利工程，未在人与自然之间取得适度的平衡。日后当引以为戒。

随着人口的增长，人对水资源的需求量亦与时并进。近数十年来，在黄河两岸修建了无数的引黄工程，大量抽取黄河水。这导致了黄河在开封以下，经常出现断流的现象。中国人均水资源量只及世界平均值的四分之一。中国北方缺水问题特别严重，制约了许多地方的经济发展。这个问题在二十一世纪将会日益尖锐，故有"南水北调"之议，拟把长江流域部分的水送到北方去。此举当然对环境有重大影响，必须先做好周详的综合环境评估及审议，充分预计工程对环境的长远影响及对策，避免重蹈三门峡的覆辙。

作为母亲河，黄河抚育了华夏民族的成长。千百年来，她的子孙们不断地向她索取生活所需的各种资源。子孙们的苛索，已让母亲河不胜负荷，疲态毕露，甚至老病丛生了。该是时候回馈母亲，好好照顾母亲，让她重拾昔日的光芒与生命力了。

三门峡大坝

后 "五鼠" 时代的开封府

说起开封府，你准会想起那铁面无私的包青天，可能还会记得《包公案》里那些脍炙人口的故事。这本被历代说书人讲活了的民间传奇又名《七侠五义》或《忠烈侠义传》。书中，包公以忠诚正直感化了许多江湖豪杰，引导他们行侠仗义、除暴安良、为国立功。包公及他那武艺超群的四品护卫——南侠"御猫"展昭——先后收服了曾大闹东京（即北宋国都开封府）的"五鼠"："钻天鼠"卢方、"彻地鼠"韩彰、"穿山鼠"徐庆、"翻江鼠"蒋平、"锦毛鼠"白玉堂。这五鼠本领高强，能上天、入地、穿山、下水。特别是那"锦毛鼠"白玉堂，文武双全，足智多谋，十分刁钻，比起我们今天用来操控计算机的"鼠标"还要灵活。可幸有那"御猫"的捕鼠神功，包大人才能顺利收服"五鼠"，并让仁宗皇帝给他们封了官，让他们到开封府供职，襄助包大人惩恶除奸，伸张正义。

赵宋流韵

当时的东京开封府，是大宋国都，有人口百余万，亦是当年亚洲最大的城市。多年前曾在香港艺术博物馆展出的张择端名画《清明上河图》，生动地展示了开封府当年繁华喧闹的景象，十分细致地描绘了汴河两旁行人熙来攘往、百业兴旺、一片升平的生活风貌。大宋以前，开封已是五代时梁、晋、汉及周的国都。当年，黄河并不流经开封，只有支流汴河流经开封，就像画中显示的那样。盛世的北宋国都内，人们又重修了始建于南北朝（公元五五五年），作为禅宗祖庭之一的大相国寺。就如《水浒传》里描述的那样，当年寺里香火十分鼎盛。十万禁军教头林冲及花和尚鲁智深的故事，更让大相国寺脍炙人口。北宋皇佑元年（公元一〇四九年），开封府东北隅最大的一所佛寺——开宝寺——亦落成了一座十三层、五十六米高的"铁塔"。塔身其实是用色黑如铁的琉璃砖建造而成的，并非真铁。这"开封铁塔"日后也就成了开封府的地标。

当年在开封的闹市中，在皇城的边上，还有一座赫赫有名的"矾楼"，是一位卖白矾致富的商人所建的大酒楼。矾楼由东楼、西楼、南楼、北楼和中心楼五座楼组成。楼与楼之间有楼梯及飞桥相连。当年的矾楼夜夜笙歌，有歌妓不下千人，是王孙公子及高官巨贾寻欢作乐、醉生梦死的"销金窝"。它不单是当时京师七十二家酒楼之冠，亦是宋徽宗经常微服出访、与京师名妓李师师幽会之所。《水浒传》对这段风流韵事及矾楼，均着墨不少。

宋徽宗除了这风流韵事外，最广为后世所知的还是他那瘦金体的书法，以及他对书画的爱好和修养。他在位时，

宋代开封府（《清明上河图》局部）

北方的金国已十分强大。金灭辽后便大举南下攻宋。徽宗十分惶恐，于是把帝位让给了太子（即钦宗），自称"太上皇"，退居二线去了。钦宗靖康二年（公元一一二七年），金兵攻陷东京，把徽、钦二帝及后妃、皇族、大臣等三千余人俘虏北去，史称"靖康之难"。北宋王朝（公元九六〇至一一二七年）从此灭亡。徽宗的另一个儿子赵构继位并迁都临安府（即今浙江杭州），是为宋高宗。宋室南渡，又偏安了约一百五十二年，始为蒙古铁骑所灭。

昔日洪灾

北宋王朝灭亡后，开封府的命运亦每况愈下。由于水利连年失修，黄河于公元一一九四年决堤于开封扬湖，并从此改道流经开封府。从一一九四年至一八八七年，黄河于开封附近决堤者不下数十次，其中有六次淹没了开封城，包括一六四二年的一次人祸。当年（明崇祯十五年，即公元一六四二年），李自成领兵围攻开封，明军企图以河水阻挡李自成的军队，结果是整个开封府被滔滔黄河水淹掉了。厚厚的黄河泥沙淤积了整个黄泛区。据近年考古发掘的结果，当年的宋开封府，如今就埋在地下七米深的黄土层内，而开封也因此添了个"城上城"的称号。

人祸也不单是古代才有，近代亦然。一九三八年六月抗战期间，日军已占领开封，正准备西侵郑州。为了阻挡日军的西进，中国守军决定炸开花园口的黄河大堤。结果是让滔滔黄河水淹没了豫东、苏北和皖北的四十二个县市，一千二百万人成了灾民，流离失所，遇难者八十九万人。黄泛区其后十年失收，赤地千里，炸堤给人民带来了极深重的苦难。

今日的开封，仍是与大河为邻。大河流入华北平原后，落差小、流速慢。千百年来，黄河流经黄土高原时带走的大量泥沙，就在平原地区的河床里沉积下来，把河床逐渐抬高。到了下游的开封地区，河床远高于周边的大地，逾十米不等。黄河成了一条名副其实的"悬河"，高悬于两岸的城乡之上。遇上汛期，中上游下大雨，河水暴涨，漫过河堤，两岸百姓便遭殃了。黄河是中华民族的母亲河，黄河流域亦是华夏文明的发源地。可是，在历史上，黄河水患频繁，因下游决堤而改道者不下二十五次，包括六次大改道；时而从河北出海，时而从苏北出海，时而夺淮入海，今天则是在山东出海。每次大水灾及大改道，都给下游千百万民众带来极大的灾难。自大禹以降，中国人便一直在治理黄河。历朝历代，都设有治河的官职，有时还由皇帝亲临督工。二十世纪五十年代，中国水利部设立了黄河水利委员会，专责治黄，五十多年来亦为治理黄河做了大量艰辛的工作。

今朝水荒

物换星移，今日的开封和黄河中下游地区，水灾已再不是两岸民众最大的忧虑。随着人口的增长，黄河沿岸各省对水的需求量亦与时并进。假若你从兰州乘船而下，你会看到沿岸修建了无数的引黄工程，包括大量的抽水站和引水钢管，把黄河水抽走，供工农业及生活之用。黄河流域和华北地区的降雨量本来就比南方少，不少地方均出现缺水及干旱的情况。同时，在工农业及生活用水中，全国亦着实存在着不少浪费水资源的现象，有颇大的节约空间。中国的人均水资源量，仅为世界平均的四分之一左右。因此，毫无疑问，中国是个缺水大国。全国（不含台湾，含港澳）六百六十一个城市中，有四百个缺水或严重缺水。因为缺水，粮食收成每年损失达到二百多亿公斤。

水资源短缺问题，对黄河流域的影响尤为突出。中上游沿河各省大量抽取黄河水，造成了开封以下的黄河下游河段，在九十年代枯水季年年出现断流的现象，不但制约了下游民众的用水，也严重地影响了下游的生态环境。

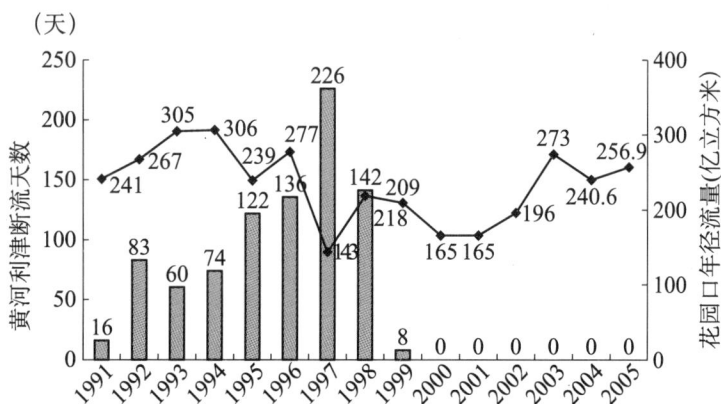

黄河水量与断流时间示意图

"黄河水量与断流时间示意图"统计了九十年代每年断流的日子。这个黄河持续多年断流的现象，当时引起了全国的关注。有些专家甚至预测：黄河将来要变成一条内陆河了。

人类历史的进程显示：人类是能够经一事，长一智的，是能够在不断总结经验教训的基础上自我改善、自我调整，再继续前进的。人类在减少自然灾害的威胁时如此，在面对生态环境的破坏严重威胁到人类自己的生存时亦会如此。面对水资源短缺的现实，水利部积极推动一系列的节约用水政策，包括建设节水型农业、节水型工业，并在全国构建节水型社会。在中国，农业用水约占每年全部用水量的百分之七十。许多干旱地区，例如以色列、澳大利亚和美国西部等，水资源亦十分短缺。他们在采用了滴灌、喷灌等节水型灌溉法后，农业仍能维持高产。中国亦正在逐步采用这些措施。其他节水措施包括废水回收再用、防止水管渗漏及水龙头滴漏等，亦在逐步落实中。同时还积极推动全民节水教育、适度调高水费等措施。十年下来，这些节水措施已是初见成效，全国用水量及工农业用水量均在逐步下调中。

黄河的年平均总流量为五百八十亿立方米。专家估算：如要确保黄河下游不再断流及生态环境不致受到影响，就需要确保二百一十亿立方米的黄河年流量，以此作为生态环境用水。换言之，黄河可分配的全年水资源量仅为三百七十亿立方米。构建节水型社会的其中一个具体措施，正是大河流域水资源的合理分配，包括黄河及西北干旱地区的一些主要河流。以黄河为例，一九九八年，经国务院、水利部及沿河九省协商后，决定了执行如下的一个分配水资源方案：

省（市/区）	分配到的黄河水资源（立方米）
青海	14.1亿
四川	0.4亿（四川尚有其他河川可供水）
甘肃	30.4亿
宁夏	40.0亿
内蒙古	58.6亿
陕西	38.0亿
山西	43.1亿
河南	55.4亿
山东	70.0亿
河北与天津	共20.0亿

当然，沿河各省的主观愿望是希望尽可能多分配到一点水资源量。唯客观现实是可供分配的水资源量是有限的。各省取得本省的水资源量后，又进一步将它再分配到省内

各市或地区去。大家明白就只有这么多的水资源量可供使用了，今后需要认真地节约用水，好好利用这有限的水资源。这情况就有点像六七十年代的香港：水荒导致了制水（包括限时限日的供水措施），可也令大家更节约用水。

（单位：立方米）

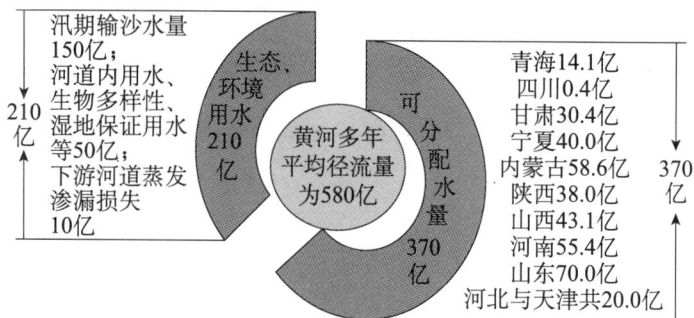

黄河水量分配方案示意图

上述黄河水资源分配方案自一九九九年实施以来，黄河下游于开封以下断流的情况再未出现。类似的水资源分配方案，也让西北地区的一些河流（例如甘肃的黑河、新疆的塔里木河等）的下游生态环境大为改善；许多原已衰亡的胡杨林区重现生机；下游荒漠化的现象亦开始逐步扭转过来。实践证明，节水措施能改善流域的生态环境，亦能保障地区的经济发展。

后记

开封从一个饱受黄河肆虐的水灾城市，到一个眼巴巴看着黄河断流的缺水城市，见证了人间几度沧桑。目前，禹的传人正着力于改善人类生存环境的生态水利工作。倘若那灵巧又侠义的"五鼠"还健在，他们那上天入地、穿山下水的本领，当可大派用场，应可抵上一个团的工程兵呢。包大人如知道这是为民除害、造福苍生的事，料想也会答应借调吧。

长江的话

　　我的名字叫长江，是世界江河家族的老三，发源于青藏高原唐古拉山的北麓，东流入太平洋。在我那六千四百公里长的东征旅途中，有趣的景物可不少。

　　先说说我小时候生活过的河源区——青藏高原。自古以来，青藏高原便是藏民族的家园。草原上天高云淡；蓝蓝的天空下，是一望无际的草海，一朵朵美丽而不知名的小花，藏民放牧的牦牛和羊。我在河源区时小得像个婴儿，叫沱沱河，与一众兄弟支流汇合后叫通天河。河水蓝如高原上的天空，清澈如藏民族那纯洁而挚诚的宗教心灵。藏民族能歌善舞，相传会说话就会唱歌，会走路就会跳舞。每遇上节日，高原成了歌舞的海洋。我爱藏曲那空灵的韵味，仿佛在呼唤远处的群山和亘古的荒原。我也爱藏舞那飘逸的长袖子，仿如在高原上迂回流动着的我。青藏高原给了我一个快乐的童年。

　　从青藏高原，我沿横断山脉那陡峭的峡谷奔腾南下，易名金沙江。从乌蒙山到大小凉山，两岸分布着不少氐羌民族（主要是彝族）的寨子和梯田。彝族男子爱披黑斗篷或羊皮袄，偶尔还梳上天菩萨式的发髻，尚武如雄鹰。女的爱穿五彩长裙，打黄色雨伞。我爱那凉山细雨中的黄伞海，也爱火把节晚上阿细跳月的欢歌热舞，奔放如横断山脉中急流而去的我——一个活力充沛的青年。

出了横断山脉，我在川滇边界拐了个大弯，向东流向四川盆地和重庆山城，沿途又汇入了雅砻江、大渡河、岷江、涪江、嘉陵江及渠江等大支流的水量。我逐渐从青年步入壮年期，予人"不尽长江滚滚来"的感觉。在川江号子声中，我浩浩荡荡地开进了夔门，展开自己的三峡之旅，与旅客一道瞻仰高峡风采。雄伟的三峡是我东流旅程中最后的一段峡谷。三峡以下，便是平原地区。山区水流急，不易形成水灾。唯独到了平原以后，我的流速大幅下降。遇上了上游大雨，洪峰涌至平原地区时，洪水宣泄不了，有时漫过河堤，酿成大水灾。三峡下游正是富饶的江汉平原，历史上时有特大水灾。如今建了三峡大坝，当可调节流量，保障下游平原地区免受洪灾的威胁。我衷心希望人们能再进一步做好上游的植被重建工作，防止水土流失，防止泥沙淤塞下游河道及湖泊。这才是治本之道，对整个流域的生态环境及人类自己的持续发展都大有好处。

自古以来，三峡地区是巴、蜀、楚争锋之地。蜀与楚均曾创造过璀璨的古文明，如今已成为汉民族主体的一部分。相传巴人的后裔是现今鄂西与湘西的土家族。我在湖北境内与汉水及清江汇流，继而在湖南与资、湘、沅、澧四水汇合。我爱巴山蜀水的雄奇壮丽，爱蜀南竹海里时隐时现的大熊猫，真可与川剧中的变脸互相辉映。我也喜爱楚水湘山的清秀婉约。正是它们塑造了我在不同河段里的不同个性。河段因而也有了川江、荆江等别称。

告别了荆楚大地，我悠然流经烟雨中的卢山和云海里的黄山，再进入江淮平原。越是接近入海口，越感觉到那浓浓的吴风越韵和厚厚的文化沉淀。尽管我舍不得那水乡的小桥流水人家，我却乐见三角洲的现代化进程和民众生活的日趋改善。

海纳百川，有容乃大。我之所以成为长江，皆因能容纳百川。我的故事，其实也是与我共生存的中华民族的故事。这个民族有着颇大的包容性，能容纳外来不同族群的文化冲击，并借此丰富自己，发展自己。汉唐盛世如此，今天亦如此。在人类社会越趋民主化及价值取向多元化的今天，这种包容性是越来越重要了。

荆江的话

　　我的名字叫荆江，这其实是万里长江在湖北省境内河段的别称。我在上游还有个兄长，叫川江。自巴楚以降，河道两岸便是兵家必争之地。人类长期纷争的一个结果，是让兄长和我也分了家。长江三峡中的瞿塘峡和巫峡划归了他，西陵峡则给了我。瞿塘峡雄奇壮丽，从上游而下，或从白帝城远眺，但见夔门拔地而起，难怪人称"夔门天下壮"了。及至进入巫峡，云雨中依稀还能见到那高贵挺拔的神女峰，令人神往。我分得的西陵峡，却是三峡中最长和最宽敞的一段峡谷。近年，人们在那里修建三峡大坝，西陵峡也就广为人知了。

　　当地人常说："万里长江，险在荆江。"这话不假。江水从青藏高原经横断山脉进入三峡，一路上山高峡窄，水流急速，奔腾而下。出了三峡，却是偌大的江汉平原，是我和汉水汇流之处。这江汉平原出奇地平，也出奇地富庶，是中国大地上有名的粮仓和鱼米之乡。全国稻米最高产的监利县，也在那里。

　　义山有诗云："巴山夜雨涨秋池。"遇上了上游流域下大雨，江水从三峡汹涌而出，到了平原便一泻千里。流速大幅下降，洪水宣泄不了，动辄泛滥成灾，两岸的老百姓就遭殃了。自东晋以来，人们就开始修筑河堤，防我造反。遗憾的是，我还是身不由己，每遇上游暴雨，河水骤涨，若然漫过河堤，便会淹没下游数以千万平方公里计的土地，导致数以十万计的人命损失。事实上，历朝历代的史书之中，均有不少江汉平原大水灾、死人无数、哀鸿遍野的记载。如今三峡大坝建成了，江水流量得以调节和控制，江汉平原的水患威胁算是彻底解除了。我也乐得和荆楚大地和睦共处，共同造福两岸那勤劳善良的百姓。

川江流韵

　　万里长江从川渝直下，穿越夔门，进入三峡。瞿塘与巫峡段的川江，山高水急，险滩不断。悠悠千载，曾见证川江船夫与纤夫勇闯急流险滩鬼门关的，除了岸边那一座座的白骨塔外，便是回荡于群山之间的川江之音了。

　　歌以抒怀，舞以动容，乐以击节。作为三峡先民的巴人，长期垦殖于崇山深谷之中，拼斗于峡中激流险滩之上。如史所述，生活的艰辛孕育了巴人那"刚悍"、"尚武"、"劲勇"的气质，成就了他们以歌舞直抒胸臆的古风。早在巴人襄助周武伐纣的年代，已有"前歌后舞"的史载。到汉高祖伐三秦时，巴人作为汉军的前锋，又有"锐气善舞"的称誉。这三峡巴渝之舞，唐宋时逐渐蜕变成风行一时的竹枝词，伴以笛、铜鼓等乐曲，并配以歌舞，仍留有巴渝舞的流风遗韵。三峡的竹枝词词曲哀婉低回。白居易《竹枝词》谓："唱到竹枝声咽处，寒猿暗鸟一时啼。……蛮儿巴女齐声唱，愁煞江楼病使君。"

　　到了明清，三峡竹枝词又逐渐蜕变为田歌，分成《下田歌》、《秧歌》、《车水歌》、《扯草歌》等曲牌，在田间演唱，伴以锣鼓。与此同时，一种节奏舒缓而高亢悠扬的山歌亦逐渐流行于三峡山区，多为独唱和对唱，如《采茶歌》、《放羊歌》及情歌等。

当然，三峡地区最富特色、最广为人知的民间曲艺当推《川江号子》，特别是《峡江号子》，历史悠久，声调词曲十分多样化。三峡沿江乡镇的《圆场号》、《抬工号子》亦极富生活气息。这些号子的声调尽管有点苍凉沉郁，却也道出了船夫和乡亲们的勤劳刻苦，唱出了我们民族那种坚毅不屈的精神和无穷韧力。

巴山楚水随想

多年来进出长江三峡库区，包括三峡以北的大巴山和三峡以南的武陵山区，对大山里那浓郁的乡土气息和多彩的民族风情，留下了美好的回忆。

大巴山是秦岭余脉，得名于古代活跃于长江中游的巴人。早在殷商时期，甲骨文已有巴人的记载。《尚书》亦曾记述巴人助周武王伐纣有功，称许巴师勇锐。春秋之初，巴国进入全盛时期，其疆域东达洞庭湖平原，西至四川宜宾一带。楚国兴起以后，巴人屡战屡败，遂退守三峡。巴、楚其后均为秦所灭。部分巴人融入汉文化圈内，部分则避秦而迁居大巴山及武陵山区，与当地原住民融合，成为今日的土家族。九十年代中叶，中央民族大学的一个研究小组曾进行了一项基因调查，把现代土家族人的血液和悬棺中的古代巴人的骸骨进行基因对比，结论是今天的土家族人，确实是古代巴人的后裔。

今日的土家族，人口约六百万，主要分布于鄂西南清江流域和湘西的武陵山区，后者除了土家族外，还有不少在古代被称为"五溪蛮"及"武陵蛮"的苗人。出生于湘西凤凰的现代文学家沈从文，一生从未忘记自己的苗族血统。他的作品，洋溢着湘西的山川风物与乡土情怀。而他的表侄——画家黄永玉，却是土家族人，反映了湘西民族杂居的特色。

若论山清水秀，大巴山和武陵山区比长江三峡有过之而无不及。山区交通不便，山路崎岖难走。遇上雨天路滑，河川暴涨，那就更难出门了。难怪当年客旅中的李商隐，也因巴山夜雨而误了归期。

咸海的故事

　　小时读地理，知道咸海是世界第四大湖。当时咸海面积约为六万六千九百平方公里，南北长约四百公里，东西宽约二百八十公里，十分广袤。

　　咸海位于哈萨克斯坦与乌兹别克斯坦两国之间。它的水主要来自发源于天山山脉的锡尔河及帕米尔高原的阿姆河。二十世纪五十年代，这两条河每年注入咸海的水量平均为五十五立方千米。当时咸海的渔业甚有规模，并有两个大渔港。

　　六十年代开始，按苏联计划经济的指引，中亚地区大力发展棉业，为全国供应棉花。为了灌溉棉田，于是修筑了许多渠道引水。单是黑沙漠一条渠道就每年引走十四立方千米的河水。到了八十年代，注入咸海的水量已下降至原来五十年代的十分之一不到。到了一九九三年，咸海的水位已下降逾十六米，蓄水量减少了四分之三，面积则缩小了一半。一九八七年开始，咸海正式分裂成南大北小的两个湖。

　　咸海水位的下降，导致了水中盐分的升高。至一九八五年时，最后的二十种原生种鱼类绝了迹。当地六万渔民亦只好另寻生计去了。咸海面积的萎缩也导致了周边土地

中亚的棉花田

的荒漠化和盐碱化，间接影响了棉花的生产。咸海周围的气候变得更干燥。沙尘暴频繁，导致了当地居民的呼吸道疾病。棉田大量施用农药和化肥，并随着地下水及渠道进入阿姆河及锡尔河中。饮用水源的污染引致了各种疾病，包括肝炎、痢疾、伤寒、畸形及肺结核等。

当局鉴于咸海生态环境的恶化，于一九八八年起停止了再修筑引水渠道。苏联解体后，中亚各国开始对水权问题争论不休，对减少灌溉引水量亦难取得共识，因为这样对当地的农业经济影响甚大，问题实在不易解决。

干涸的咸海沿岸

六十年代开始，修筑了大量的渠道引水，灌溉棉田

神州游踪

雾里的扬州

　　四月初的晨雾，像魔术师手中的障眼布；尽管布薄如纱，却笼罩着无限春光。

　　拂晓，步出宁静典雅的扬州迎宾馆。薄雾中放舟瘦西湖上。湖如其名，媲美纤体广告中的模特儿；看来更像个江南园林中的水道。两岸尽是杨柳；柳枝上已挂了今春的新绿。晓风拂柳；露水把脸儿洗涤得清爽干净，好迎接又一个春日的莅临。桃红朵朵，夹杂在绿柳之间。雾里看花，难免有"花非花，雾非雾"的幻觉。水平如镜，可雾里仍能清晰地看到杨柳岸的整个倒影。少时习几何，知道有对称的图案。眼前这杨柳岸和它的水中倒影，正是个绝美的对称，空灵得教人馋眼，也令人更佩服盛唐时瘦西湖畔大明寺的鉴真大师，他竟舍下这美景东渡去了。尽管人间多迷雾，他那喜舍的心，比恬静的湖水还要清明。

　　且寻鉴真的足音去。随轻舟荡过一岸又一岸的桃红柳绿，一道又一道的小拱桥。雾中，也忘却细数是否二十四桥了。半晌，船靠大明寺旁。依旧是那古朴的江南古刹，依旧是那袅袅梵音。鉴真去东瀛传律，至今未归。大师为法忘躯，曾五次东渡未遂，还被暴风吹至海南岛，瞎了眼睛；可仍锲而不舍，终于第六次东渡成功，受到日本举国欢迎，并视为文化恩人。大明寺给他建了一个具唐代建筑风格的纪念堂，既庄严复感人。薄雾中，远处传来阵阵晨钟，也不晓得是否来自大明寺，或邻近寺院，反正南朝四百八十寺，都在楼台烟雨中。

生也有涯，时而像雾像花，如梦如幻；可大德懿行，却永垂不朽，历久而常新。

仲夏忆武汉

一提起香港的夏天，人们可能会想起那骄阳似火、挥汗如雨的日子，那酷热而潮湿的天气，摄氏三十二度的高温……

香港地处南中国海滨。尽管夏季天气炎热，偶尔也会有丝丝海风。傍晚漫步海滨，多少仍能享受那"夏有凉风"的感觉。更不要说香港夏季多雨，雨后也总会有段较清凉的时刻。

比起长江中游的许多城市，香港的夏天其实不算是热得特别难受了。中国的三大火炉——重庆、武汉、南京，都位于长江边上。每年七八月间的三伏天，气温高达四十度。城市周边是山，风也吹不进来。晚上仍是持续高温，江面的水蒸发着，人就像活在桑拿室里一样。

八十年代中期，三峡工程可行性论证那几年，我在武汉度过了几个难忘的三伏天。那段日子，工作会议多安排在汉口的"长江流域规划办公室"（简称"长办"，后改称"长江水利委员会"，或"长委"）举行。当年电力供应严重不足，会议期间经常停电。一众与会者只好挥着纸扇，抹去汗水，继续做报告及讨论。大家都当上了"缅甸总统"——奈(耐)温。有同僚甚至自嘲已在太上老君的火炉中炼成了孙悟空的金刚不坏身,一身炉火纯青的耐热本领。

令我印象最深刻的是,傍晚下班回住处,经过武汉的大街小巷,但见行人路上密密麻麻地摆满了竹床或帆布床。原来武汉人在三伏天下班回家后,一件头等大事就是把竹床搬到户外去,在行人路上找个好位置,以便在户外过夜。晚上,但见成千上万的武汉市民,不分男女老幼,都睡在这些竹床或帆布床上,蔚为奇观。只因屋子里实在太热了,连电风扇吹送过来的风都是热的;而当年能用得上空调的人也着实不多。

那年头,我每次在夏天从武汉回到香港,都觉得香港是个清凉世界。世间万法唯心,凉热的感觉亦如是。

时至今日,内地缺电的情况已大有改善。可华东、广东等地供电仍然紧张,并时有停电的情况出现。内地人均供电量仍远远落后于西方国家或香港地区的水平。这也是当年三峡工程要上马的一个原因。三峡工程工期长达十六年,到二○○八年才全部竣工。目前约有一半的电力供应至华东及上海等地区,以舒缓当地因供电不足而影响生产的局面。

除了水力发电以外,三峡工程的另一个主要功能是防洪。中国是个水患频繁的国家。武汉所在的江汉平原,既是中国的粮仓,也是水患最严重的地区之一。历史上江汉平原每发大水,伤亡人口都以数十万计。三峡工程的主要目的，就是在滔滔江水从山区涌入江汉平原之前，利用大坝及水库来调节洪峰的流量，避免水灾的发生。

三峡大坝建成后，江汉平原的水患得到了根治；而长江下游江淮平原的水患威胁，亦将大幅降低。

◆

汉阳陵

汉阳陵是汉代第四位皇帝汉景帝刘启（公元前一八八至前一四一年）与皇后王氏的陵园，位于古都西安以北咸阳五陵原的东端。汉阳陵的考古调查工作始于二十世纪七十年代，九十年代进行了大规模的考古勘探和发掘工作。一九九九年，汉阳陵考古陈列馆落成。二〇〇六年三月在原址建成了帝陵外藏坑保护展示厅，面积七千八百五十六平方米，当年的建造费近一亿人民币。设计为全地下建筑，为全国首座现代化的地下遗址博物馆。

汉阳陵地下遗址博物馆的最大特色，是它采用了大型的玻璃幕墙建筑，把游客与地下文物分隔开来。游客沿着玻璃通道往前走，隔着一块透明的真空镀膜电加热玻璃幕墙，近距离地观赏地下文物。玻璃幕墙内外是两个不同的温湿度环境，分别有利于游客观赏和文物保护两个需求。这样一来，游客可以舒适地、近距离地细赏陪葬坑内的大量文物，包括一列列披坚执锐的西汉武士俑，一排排宽衣博带、美目流盼、舞姿翩翩的仕女俑，成群成组、排列有序的猪、马、牛、羊、狗、鸡等动物陶塑。

随着内地近年经济的不断发展，文物保护工作亦逐渐得到重视，并日趋科技化。汉阳陵是一个例子。另一个例子是长江三峡上游重庆涪陵的白鹤梁，原是一个砂岩小岛。岛上刻了十四尾石鱼和碑记，作为唐宋以降的枯水季最低水位标记。为了保护好这个古代水文记录，当局采用了中国工程院葛修润院士等人的设计方案，把整个小岛围封起来，变成一个水下博物馆，工程费逾一亿元人民币。我们期望内地的文物保护事业能够不断地进步，日后不断涌现这样的例子。

一个民族的消亡

南斯拉夫联邦自前总统铁托去世后，境内各民族之间的矛盾迅速激化，继而于九十年代初爆发了连年的内战，最后导致联邦的彻底解体。塞尔维亚族军队被指控于内战中对其他族裔进行灭族式屠杀，塞尔维亚前总统米洛舍维奇亦因此被解上海牙国际法庭受审。案子判决前，他病殁于海牙。

灭族是个骇人听闻的罪行。可历史上却不乏在部族战争中，战败的一方被灭族的记载，特别是在上古游牧民族史及中古殖民征略史中。

年前（二〇一五年），有缘重临川南的宜宾地区。宜宾位处川滇边界，金沙江与岷江在此汇流成长江。历史上，宜宾是古僰侯国所在地。僰人为中国上古南方土著民族百濮的一个支系，以悬棺葬及善修栈道见称；因助周武王伐纣有功，其首领被封为僰侯。古僰侯国的疆土在今四川南部及云南东北部一带，中心为宜宾。秦汉以后，改行郡县制。

在中国历史上，历朝历代为安抚少数民族，多任命其酋长为土司，并容许较多的地方自治。至明代，则实施

"改土归流"，地方自治权被削，遂引起西南少数民族的反抗；僰人亦如是。明朝廷以"山都群丑，聚恶肆氛，虽在往日，叛服不常"为由，先后十二次派兵镇压。先前的十一次都没有成功。第十二次伐僰时出兵十四万，于万历元年（公元一五七二年）农历九月九日僰人赛神节，乘僰人祭神醉酒后突袭。僰人寨中约两万人，死伤逾半，被俘而遭杀害者约四千六百人，被流放的老弱民众约五千六百人，部分其后汉化或融入其他少数民族之中。僰民族从此销声匿迹。

灭族的悲剧，古今中外都曾发生过。可幸的是，随着人类社会的日渐文明和进步，这种野蛮的行为愈来愈为公义及法理所不容，因此它发生的频率也愈来愈低。

盐都的回忆

不久前有机会到有"盐都"之称的四川自贡市。据史籍记载，中国人早在两千二百五十年前就已使用钻深井的方法来开采地下资源。当时的秦蜀郡太守李冰，在今成都市郊的双流县境内，组织了广都盐井的开凿，是为中国历史上有记录可寻的第一口盐井。至公元三世纪初，中国已能钻深达一百三十八米的盐井。到了唐代，四川的盐井已深达二百五十米。十一世纪中叶，中国钻井技术又有了重要的突破。川南的盐工发明了冲击式凿井法，亦称"顿钻凿井法"，并以这种方法凿成了苏东坡笔下的"卓筒盐井"，是为现代油井及气井的雏形。因此，李约瑟在他的《中国科学技术史》中曾指出："今天在勘探油田时所用的钻深井技术，肯定是中国人的发明。这种技术在传入欧洲后，促进了世界钻井技术日后的发展和地下资源的开发……"

中国古代最大的产盐区域，就是川南的自贡。这个地名亦是自流井和贡井（进贡宫廷的盐井）两个产盐区的合称。当地产盐的历史，可追溯到公元一世纪东汉章帝时期。到了清代，自贡的盐业员工达数十万之众，成了名副其实的中国盐都。今天，自贡市内有个盐业历史博物馆，设在典雅的清代建筑"西秦会馆"之内。展品详尽地介绍了中国古代钻井技术的发展和井盐与天然气的生产历史。

　　作为工程地质工作者，我对盐业历史博物馆的许多展品感到十分亲切，并由衷敬佩先辈们的聪明智慧和勤劳刻苦。只是西方在输入中国的钻井技术后，又进行了不少技术及工艺上的更新和完善，令钻井机械的性能和效率有了极大的提高。反观中国古代较重文轻工，导致机械化的程度和效率相对较低，令我们的盐业工人干得又苦又累，亦难出头。期望未来的中国社会，能在物质文明与精神文明之间取得更合理的平衡。

回首唐山

二〇〇六年七月二十八日是唐山大地震三十周年纪念的日子。作为减灾防灾事业的工作者之一，我每次回到唐山，再见到机车厂和矿冶学院那些地震遗址，以及一些当年侥幸生存下来的朋友，想起他们当年的噩梦和痛楚，不禁黯然神伤。

唐山大地震震害之所以这样惨重，主要原因是两个震幅极大的主震（即所谓"双峰型地震"）相继在深夜里发生。首个主震破坏了大部分的民房，唯房子仍未垮。接着又来了第二个主震，无数房子于是垮塌下来，死伤的人就多了（估计丧生者达二十四万八千人，伤者无数）。这在地震史上是极为罕见的。

人类预测地震的能力，其实还是很有限的。当年有人奢言"人定胜天"，其实是没有科学根据的一句空话而已。只有少量的地震，可以通过前震或一些前兆来进行预报，绝大部分的地震都预报不了。但人们还是可以通过加固建筑物及地基、避开强震带等措施来减少地震的破坏。这也是美国加州、日本等强震区的经验。

唐山的脚下便是开滦煤矿，地震发生时，约有一万名矿工在地下煤坑作业。地下的震幅远比地面小。这一万矿工大都回到地面上来了，只是他们的家园大都已毁于地震中，亲属亦多已遇难。当地大城山、凤山、凤凰山一带有石灰岩露头，地基条件较好，破坏亦较小。旧唐山市区可液化沙土较多，破坏也就特别严重。这些经验教训，都是需要好好总结的。

唐山大地震后，中国的抗震设计标准显著地提高了。新建的唐山市，离旧唐山约二十五公里；楼宇的抗震设计标准甚高。坏事有时也会变成好事，人类总是从灾难中汲取教训，不断追求进步的。愿以减灾防灾事业的不断进步，告慰死难同胞在天之灵。

◆

泥石流·堰塞湖

近日，埃博拉病毒肆虐非洲大陆，波及多个国家。人世间有些灾难能超越国界，例如二〇〇二年至二〇〇三年间的 SARS（非典），或二〇〇四年十二月二十六日的印度洋海啸。吹袭中国香港的台风，也可能会波及菲律宾、中国台湾和广东沿海或越南等地。

八十年代以降，笔者参与了中国西部山区的一些滑坡泥石流防治工作。西藏南部（即喜马拉雅）山区的冰川泥石流，偶尔也会引发跨国界的灾难。例如二〇〇〇年四月九日发生于藏东南林芝地区的易贡大滑坡，就波及了南邻的印度。当时，易贡河畔的拉雍嘎布山峰顶的冰川融化，冰水引发了山体大滑坡，以及体积逾一亿立方米的巨大泥石流，下滑三千余米后堵塞了山脚下的易贡河，形成了堰塞湖。易贡河的河水仍不断地注入湖中，因此堰塞湖的水位亦不断上升，最后冲垮了堵江的泥石流堆积。堰塞湖中逾三十亿立方米的水量于六月十日奔涌而下，酿成了下游的大水灾。易贡河与雅鲁藏布江一样，都是发源于西藏并向南流入印度的国际河道。洪水从西藏涌入印度，令印度一百六十余人遇难，也触发了中印两国之间的一些争议。这也是灾难无国界的一个例子。

泥石流导致堰塞湖的现象，出现于世界上许多国家的山区，包括美国、日本、巴基斯坦、菲律宾、中亚各国等。中国的东北镜泊湖、川北的叠溪海子、台北市郊的梦幻湖及花莲的鲤鱼潭等，其实都是堰塞湖。二○○八年五月十二日的汶川大地震，引发了两万多处滑坡泥石流。遇难人口中逾四分之一其实是埋在泥石流下的，至今仍列为失踪，因为实际上已无法找到。还记得当年踩着泥石流的堆积，爬上山去做堰塞湖风险评估时，泥石流下不时传出阵阵难闻的臭味，下面也不知埋了多少遇难者和牲口。堰塞湖的水位如越过堵江的泥石流堆积，奔涌而下的水可以造成灾难性的后果。一七八六年六月一日，四川康定地区发生了震级达七点七五级的地震，滑坡泥石流堵塞了大渡河，形成了堰塞湖。十日后，湖水终于冲垮了泥石流堆积，形成了下游的特大洪水，逾十万人因而遇难。洪水所造成的破坏，比十日前的地震还要严重。

在青藏高原上进行滑坡泥石流的防治工作，远比在香港做山泥倾泻的防治工作难。前者的规模大，分布广，经常影响川藏公路及滇藏公路的交通。尽管这样，我们在川藏公路上仍能见到无数的年轻人，他们骑着自行车，在海拔四五千米或更高的公路上徐徐前进。高原上，有些路段特别陡峭，空气又稀薄。骑着自行车上斜坡殊不容易。这些年轻人大部分是大学生。他们就这样在青藏高原上驰骋两三个月，其坚毅的精神实在令人钦佩。

〔外一篇〕 秋韵

年轻时曾旅居加拿大逾二十载。一九九三年末回香港定居后，最缅怀的是加拿大的秋天……

有人若问我：秋天是什么？我会说：秋天是一片片舞在风中的红叶黄叶，仿如一个个谪落凡间的天使，轻降在山涧之中，随水而去，或洒落在林荫的小径上，润物无声。林荫小径像清幽的隧道，把人带进了秋的世界。隧道的顶拱是沐浴在阳光里的红叶林、黄叶林。它的边墙是一排排扎实如壮汉的大树干。地上则铺上了一层层厚厚的落叶毡。火红的枫叶美得让人把它染印在国旗上。尽管是落叶，还是不忍践踏在它身上。只是小径的地上除了落叶，还是落叶。日暮秋风起，萧萧枫树林。记忆中的秋是枫叶国的十月，漫山红遍，层林尽染；连静静的湖水也给枫叶染得红透了，分不出哪里是山，哪里是水。记忆中的秋，是香山那圆圆的小枫香叶，是戒台寺的千年银杏，是海印寺和清水寺那优雅的日本枫。

蓦然仰首，秋却是一群群南飞的鸿雁。秋风起兮白云飞，草木黄落兮雁南归。雁过长空，除偶尔呼朋唤友的一声长鸣外，再也无声也无痕。朝去暮至，晚霞与雁群齐飞，秋水共长天一色。向晚，雁儿累了，歇息在水之湄的芦苇丛中。晚风过处，芦荻随风起舞，芦花荡里飞絮飘扬，仿若漫天风雪。秋水时至，苍茫暮色中独不见伊人踪影。秋莫非是林良、边寿民、林风眠合绘的一帧芦雁暮韵图？

秋是西子湖畔、岳麓山下的桂子飘香。三秋桂子，芳远益清。秋是漫山遍野的映山红，是换了红装的雁来红，是陶渊明亲植的东篱菊。从小巧玲珑的蓝菊，到披了黄金甲的万寿菊，到吴昌硕和齐璜的蟹爪菊，到浑南田的金盘玛瑙菊，琳琅满目，美不胜收。秋不啻是故乡小杭十月里的菊花大会。

春华秋实，秋是收获的季节，是汗水灌浇成的五谷香，是米勒的《拾穗》，是感恩节前后的南瓜田。可也有人说：秋是悲伤忧愁的季节。何处合成愁？离人心上秋。自古以来，不乏文人悲秋之作，从杜甫到辛弃疾，从李清照到马致远，当中以陶淡人的"秋雨秋风愁煞人"最直截了当。

依我看，愁也不尽是秋的问题，可能还有个心的问题。"春有百花秋有月，夏有凉风冬有雪。若无闲事挂心头，便是人间好时节。"关键还是自己的心。如能洞悉世事无常和变化背后的因缘，便可放下自在。那么，日日皆是好日，秋也不例外。

秋是诗情画意的人间好时节。正如思果说的，秋"吹去了湿，吹去了暑，还吹散了天空飘不尽的云"，包括心间的阴霾。

图书在版编目（CIP）数据

求索之旅/李焯芬著 . —北京：中国人民大学出版社，2015.6
（明德书系·文学行走）
ISBN 978-7-300-21434-4

Ⅰ.①求… Ⅱ.①李… Ⅲ.①散文集-中国-当代 Ⅳ.①I267

中国版本图书馆 CIP 数据核字（2015）第 121350 号

明德书系·文学行走
求索之旅
李焯芬　著
Qiusuo zhi Lü

出版发行	中国人民大学出版社		
社　　址	北京中关村大街 31 号	邮政编码	100080
电　　话	010 - 62511242（总编室）	010 - 62511770（质管部）	
	010 - 82501766（邮购部）	010 - 62514148（门市部）	
	010 - 62515195（发行公司）	010 - 62515275（盗版举报）	
网　　址	http://www.crup.com.cn		
	http://www.ttrnet.com（人大教研网）		
经　　销	新华书店		
印　　刷	北京宏伟双华印刷有限公司		
规　　格	148 mm×210 mm　32 开本	版　　次	2015 年 6 月第 1 版
印　　张	7.25	印　　次	2016 年 12 月第 2 次印刷
字　　数	126 000	定　　价	25.00 元